紅樓夢

校注

卷7

第九一回至第一〇五回

曹雪芹
高鶚

紅樓夢

編者序

人人出版公司推出《人人文庫》系列，第一套就是中國古典長篇章回小說《紅樓夢》。書內提及的書名，還有《情僧錄》、《風月寶鑒》、《金陵十二釵》，乾隆四十九年甲辰（一七八四年）夢覺主人序本題為《紅樓夢》（甲辰夢序抄本）。一七九一年在第一次活字印刷後（程甲本），《紅樓夢》便取代《石頭記》而成為通行的書名。本書前八十回以庚辰本為底本，後四十回以程甲本為底本。

《紅樓夢》原本共一百二十回，但後四十回失傳。紅學家周汝昌先生則認為《紅樓夢》原著共一〇八回，現存八十回，後二十八回迷失。現今學界普遍認為通行本前八十回為曹雪芹所作，後四十回不知為何人所作。但民間普遍認為為高鶚所作，另有一說為高鶚、程偉元二人合作著續。

關於作者曹雪芹，從其生卒年、字號到祖籍為何，已爭論數十年。曹雪芹姓曹名霑，字夢阮，號芹溪居士。但有的研究者認為他的字是「芹圃」，號雪芹。關於他的生卒年，一般認為約在一七一五年（康熙五十四年乙未）到一七六三年（乾隆二十八年癸未除夕）之間。

關於曹雪芹的籍貫，也有兩種說法，主要以祖籍遼陽，後遷瀋陽，上祖曹振彥原是明代駐守遼東的下級軍官，後隨清兵入關，歸入多爾袞屬下的滿洲正白旗，當了佐領。此後，曹振彥之媳，即曹璽之妻孫氏當了康熙的保母。曹璽曾任江寧織造，病故後由其子曹寅任蘇州織造、江寧織造、兩淮巡鹽御使等職，康熙並命纂刻《全唐詩》、《佩文韻府》等書於揚州。曹寅病故後，康熙特命其胞弟曹荃之子曹頫過繼給曹寅，並繼任織造之職，直至雍正五年，曹頫被抄家敗落，曹家在江南祖孫三代共歷六十餘年。

曹雪芹出生於南京，六歲時曹家抄沒後才全家遷回北京。據紅學家的考證，他後來落魄住到西郊，晚年窮困，《紅樓夢》前八十回在他去世前已傳抄行世，書的後半部分應已完成，不知何故未能問世，始終是個謎。

《紅樓夢》描寫宮廷與官場的黑暗，貴族與世家的腐朽，也讓讀者看見當時的科舉制度、婚姻制度。《紅樓夢》人物形象獨特鮮明，故事情節結構也有別於以往小說單線發展的傳統，創造出一個宏大完整的篇幅。《紅樓夢》的語言藝術成就，更攀向我國古典小說的高峰。

書中有關典章制度名物典故及難解之語詞，我們將盡力作成注釋。段落排法也有別於一般，期使讀者能輕鬆閱讀，輕鬆品味。

【目次】

紅樓夢

第九一回至第一〇五回

卷 7

◎第九一回◎

縱淫心寶蟾工設計
布疑陣寶玉妄談禪

……話說薛蝌正在狐疑，忽聽窗外一笑，唬了一跳，心中想道：「不是寶蟾，定是金桂。只不理她們，看她們有什麼法兒。」聽了半日，卻又寂然無聲。自己也不敢吃那酒果。

掩上房門，剛要脫衣時，只聽見窗紙上微微一響。薛蝌此時被寶蟾鬼混了一陣，心中七上八下，竟不知是如何是好。聽見窗紙微響，細看時，又無動靜，自己反倒疑心起來，掩了懷坐在燈前，呆呆的細想，又把那果子拿了一塊，翻來覆去的細看。

猛回頭，看見窗上紙濕了一塊，走過來覷著眼看時，冷不防外面往裡一吹，把薛蝌唬了一大跳。聽得吱吱的笑聲，薛蝌連忙把燈吹滅了，屏息而臥。

只聽外面一個人說道：「二爺為什麼不喝酒吃果子就睡了？」這句話仍是寶蟾的語音。薛蝌只不作聲裝睡。

又隔有兩句話時，又聽得外面似有恨聲道：「天下那裡有這樣沒造化的人。」薛蝌聽了是寶蟾又似是金桂的語音，這才知道她們原來是這一番意思，翻來覆去，直到五更後才睡著了。

……剛到天明，早有人來扣門。薛蝌忙問是誰，外面也不答應。薛蝌只得起來，開了門看時，卻是寶蟾，攏著頭髮，掩著懷，穿一件片錦邊琵琶襟小緊身，上面繫一條松花綠半新的汗巾，下面並未穿裙，正露著石榴紅灑花夾褲，一雙新繡紅鞋。原來寶蟾尚未梳洗，恐怕人見，趕早來取傢伙。

薛蝌見她這樣打扮，便走進來，心中又是一動，只得陪笑問道：「怎麼這樣早就起來了？」寶蟾把臉紅著，並不答言，只管把果子折在一個碟子裡，端著就走。

……薛蝌見她這般，知是昨晚的原故，心裡想道：「這也罷了。倒是她們惱了，索性死了心，也省得來纏。」於是把心放下，喚人舀水洗臉。自己打算在家裡靜坐兩天，一則養養心神，二則出去怕人找他。

原來和薛蟠好的那些人因見薛家無人，只有薛蝌在那裡辦事，年紀又輕，便生許多覬覦之心。也有想插在裡頭做跑腿的，也有能做狀子的，認得一二個書役的，要給他上下打點的，甚至有叫他在內趁錢[1]的，也有造作謠言恐嚇的：種種不一。薛蝌見了這些人，遠遠躲避，又不敢面辭，恐怕激出意外之變，只好藏在家中，聽候轉詳。不提。

1. 趁錢——賺錢。

…且說金桂昨夜打發寶蟾送了些酒果去探探薛蝌的消息，寶蟾回來將薛蝌的光景一一的說了。金桂見事有些不大投機，便怕白鬧一場，反被寶蟾瞧不起，欲把兩三句話遮飾改過口來，又可惜了這個人，心裡倒沒了主意，怔怔的坐著。

…那知寶蟾亦知薛蟠難以回家，正欲尋個頭路，因怕金桂拿她，所以不敢透漏。今見金桂所為先已開了端了，她便樂得借風使船，先弄薛蝌到手，不怕金桂不依，所以用言挑撥。

見薛蝌似非無情，又不甚兜攬，一時也不敢造次，後來見薛蝌吹燈自睡，大覺掃興，回來告訴金桂，看金桂有甚方法，再作道理。及見金桂怔怔的，似乎無技可施，她也只得陪金桂收拾睡了。

夜裡那裡睡得著，翻來覆去，想出一個法子來：不如明兒一早起來，先去取了傢伙，卻自己換上一兩件動人的衣服，也不梳洗，越顯出一番嬌媚來。只看薛蝌的神情，自己反倒裝出一番惱意，索性不理他。那薛蝌若有悔心，自然移船泊岸，不愁不先到手。

及至見了薛蝌，仍是昨晚這般光景，並無邪僻之意，自己只得以假為真，端了碟子回來，卻故意留下酒壺，以為再來搭轉之地。

……只見金桂問道：「妳拿東西去有人碰見麼？」寶蟾道：「沒有。」「二爺也沒問妳什麼？」

寶蟾道：「也沒有。」

金桂因一夜不曾睡著，也想不出一個法子來，只得回思道：「若作此事，別人可瞞，寶蟾如何能瞞？不如我分惠於她，她自然沒有不盡心的。我又不能自去，少不得要她作腳[2]，倒不如和她商量一個穩便主意。」

2. 作腳——從中聯絡牽線。

因帶笑說道：「妳看二爺到底是個怎麼樣的人？」
寶蟾道：「倒像個糊塗人。」
……金桂聽了笑道：「妳如何說起爺們來了。」
寶蟾也笑道：「他辜負奶奶的心，我就說得他。」
金桂道：「他怎麼辜負我的心，妳倒得說說。」
寶蟾道：「奶奶給他好東西吃，他倒不吃，這不是辜負奶奶的心麼。」說著，卻把眼溜著金桂一笑。
金桂道：「妳別胡想。我給他送東西，為大爺的事不辭勞苦，我所以敬他，又怕人說瞎話，所以問妳。妳這些話向我說，我不懂是什麼意思。」
寶蟾笑道：「奶奶別多心，我是跟奶奶的，還有兩個心麼。但是事情要密些，倘或聲張起來，不是頑的。」
金桂也覺得臉飛紅了，因說道：「妳這個丫頭就不是個好貨！

想來妳心裡看上了，卻拿我作筏子[3]，是不是呢？」

寶蟾道：「只是奶奶那麼想罷咧，我倒是替奶奶難受。奶奶要真瞧二爺好，我倒有個主意。奶奶想，那個耗子不偷油呢，他也不過怕事情不密，大家鬧出亂子來不好看。

「依我想，奶奶且別性急，時常在他身上不周不備的去處張羅張羅。他是個小叔子，又沒娶媳婦兒，奶奶就多盡點心兒和他貼個好兒，別人也說不出什麼來。過幾天他感奶奶的情，他自然要謝候奶奶。那時奶奶再備點東西兒在咱們屋裡，我幫著奶奶灌醉了他，怕跑了他？

「他要不應，咱們索性鬧起來，就說他調戲奶奶。他害怕，他自然得順著咱們的手兒。他再不應，他也不是人，咱們也不至白丟了臉面。奶奶想怎麼樣？」

金桂聽了這話，兩顴早已紅暈了，笑罵道：「小蹄子，妳倒偷過多少漢子的似的，怪不得大爺在家時離不開妳。」

3. 作筏子——做樣子。

寶蟾把嘴一撇，笑說道：「罷喲，人家倒替奶奶拉縴，奶奶倒往我們說這個話咧。」從此金桂一心籠絡薛蝌，倒無心混鬧了。家中也稍覺安靜。

……當日寶蟾自去取了酒壺，仍是穩穩重重一臉的正氣。薛蝌偷眼看了，反倒後悔，疑心或者是自己錯想了她們，也未可知。果然如此，倒辜負了她這一番美意，保不住日後倒要和自己也鬧起來，豈非自惹的呢。

過了兩天，甚覺安靜。薛蝌遇見寶蟾，寶蟾便低頭走了，連眼皮兒也不抬，遇見金桂，金桂卻一盆火兒的趕著。薛蝌見這般光景，反倒過意不去。這且不表。

……且說寶釵母女覺得金桂幾天安靜，待人忽親熱起來，一家子都為罕事。薛姨媽十分歡喜，想到必是薛蟠娶這媳婦時沖犯了什麼，才敗壞了這幾年。目今鬧出這樣事來，虧得家裡有錢，賈府出力，方才有了指望。媳婦兒忽然安靜起來，或者是蟠兒轉過運氣來了，也未可知，於是自己心裡倒以為希有之奇。

這日飯後扶了同貴過來，到金桂房裡瞧瞧。走到院中，只聽一個男人和金桂說話。同貴知機，便說道：「大奶奶，老太太過來了。」說著已到門口。只見一個人影兒在房門後一躲，薛姨媽一嚇，倒退了出來。

金桂道：「太太請裡頭坐。沒有外人，他就是我的過繼兄弟，本住在屯裡，不慣見人，因沒有見過太太。今兒才來，還沒去請太太的安。」

薛姨媽道：「既是舅爺，不妨見見。」

金桂叫兄弟出來，見了薛姨媽，作了一個揖，問了好。薛姨媽也問了好，坐下敍起話來。薛姨媽道：「舅爺上京幾時了？」

那夏三道：「前月我媽沒有人管家，把我過繼來的。前日才進京，今日來瞧姐姐。」

薛姨媽看那人不尷尬，於是略坐坐兒，便起身道：「舅爺坐著罷。」回頭向金桂道：「舅爺頭上末下[3]來的，留在咱們這裡吃了飯再去罷。」金桂答應著，薛姨媽自去了。

金桂見婆婆去了，便向夏三道：「你坐著，今日可是過了明路的了，省得我們二爺查考你。我今日還叫你買些東西，只別叫眾人看見。」

夏三道：「這個交給我就完了。妳要什麼，只要有錢，我就買得來。」

金桂道：「且別說嘴，你買上了當，我可不收。」說著，二人又笑了一回，然後金桂陪夏三吃了晚飯，又告訴他買的東西，又囑咐一回，夏三自去。從此夏三往來不絕。雖有個年老的門上人，知是舅爺，也不常回，從此生出無限風

3. 頭上末下——頭一回。

波，這是後話。不表。

……※……※……※……

……一日薛蟠有信寄回，薛姨媽打開叫寶釵看時，上寫：

男在縣裡也不受苦，母親放心。但昨日縣裡書辦說，
府裡已經准詳，想是我們的情到了。
豈知府裡詳上去，道裡反駁下來。
虧得縣裡主文相公好，即刻做了回文頂上去了。
那道裡卻把知縣申飭。現在道裡要親提，
若一上去，又要吃苦。必是道裡沒有托到。
母親見字，快快托人求道爺去。
還叫兄弟快來，不然就要解道。
銀子短不得。
火速，火速。

薛姨媽聽了，又哭了一場，自不必說。薛蝌一面勸慰，一面說道：「事不宜遲。」薛姨媽沒法，只得叫薛蝌到縣照料，命人即便收拾行李，兌了銀子，家人李祥本在那裡照應的，薛蝌又同了一個當中夥計，連夜起程。

……那時手忙腳亂，雖有下人辦理，寶釵又恐他們思想不到，親來幫著，直鬧至四更才歇。到底富家女子嬌養慣的，心上又急，又苦勞了一會，晚上就發燒。到了明日，湯水都吃不下。鶯兒去回了薛姨媽。薛姨媽急來看時，只見寶釵滿面通紅，身如燔灼[4]，話都不說。薛姨媽慌了手腳，便哭得死去活來。寶琴扶著勸薛姨媽。秋菱也淚如泉湧，只管叫著。寶釵不能說話，手也不能搖動，眼乾鼻塞。叫人請醫調治，漸漸甦醒回來。薛姨媽等大家略略放心。

4. 燔（音煩）灼——燒灼。

早驚動榮寧兩府的人，先是鳳姐打發人送十香返魂丹來，隨後王夫人又送至寶丹來。賈母邢王二夫人以及尤氏等都打發丫頭來問候，卻都不叫寶玉知道。一連治了七八天，終不見效，還是她自己想起冷香丸，吃了三丸，才得病好。後來寶玉也知道了，因病好了，沒有瞧去。

……那時薛蝌又有信回來，薛姨媽看了，怕寶釵耽憂，也不叫她知道。自己來求王夫人，並述了一會子寶釵的病。薛姨媽去後，王夫人又求賈政。賈政道：「此事上頭可托，底下難托，必須打點才好。」

王夫人又提起寶釵的事來，因說道：「這孩子也苦了。既是我家的人了，也該早些娶了過來才是，別叫她糟蹋壞了身子。」賈政道：「我也是這麼想。但是她家亂忙，況且如今到了冬底，已經年近歲逼，不無各自要料理些家務。今冬且放了定，明春再過禮，過了老太太的生日，就定日子娶。妳把這番話先告訴薛姨太太。」王夫人答應了。

……到了明日，王夫人將賈政的話向薛姨媽述了。薛姨媽想著也是。到了飯後，王夫人陪著來到賈母房中，大家讓了坐。賈母道：「姨太太才過來？」薛姨媽道：「還是昨兒過來的。因為晚了，沒得過來給老太太請安。」王夫人便把賈政昨夜所說的話向賈母述了一遍，賈母甚喜。

說著，寶玉進來了。賈母便問道：「吃了飯了沒有？」寶玉道：「才打學房裡回來，吃了要往學房裡去，先見見老太太。又聽見說姨媽來了，過來給姨媽請請安。」因問：「寶姐姐可大好了。」薛姨媽笑道：「好了。」

原來方才大家正說著，見寶玉進來，都煞住了。寶玉坐了坐，見薛姨媽情形不似從前親熱，雖是此刻沒有心情，也不犯大家都不言語。滿腹猜疑，自往學中去了。

……晚間回來，都見過了，便往瀟湘館來。掀簾進去，紫鵑接著，見裡間屋內無人，寶玉道：「姑娘那裡去了？」

紫鵑道：「上屋裡去了。知道姨太太過來，姑娘請安去了。二爺沒有到上屋裡去麼？」

寶玉道：「我去了來的，沒有見妳姑娘。」

紫鵑道：「這也奇了。」

寶玉道：「姑娘到底那裡去了？」紫鵑道：「不定。」寶玉往外便走，剛出屋門，只見黛玉帶著雪雁冉冉而來。

寶玉道：「妹妹回來了。」縮身退步進來。

……黛玉進來，走入裡間屋內，便請寶玉裡頭坐。紫鵑拿了一件外罩換上，然後坐下，問道：「你上去看見姨媽沒有？」

寶玉道：「見過了。」

黛玉道：「姨媽說起我沒有？」寶玉道：「不但沒有說起妳，連見了我也不像先時親熱。今日我問起寶姐姐病來，她不過笑了一笑，並不答言。難道怪我這兩天沒有去瞧她麼。」

黛玉笑了一笑道：「你去瞧過沒有？」

寶玉道：「頭幾天不知道，這兩天知道了，也沒有去。」

黛玉道：「可不是。」

寶玉道：「老太太不叫我去，太太也不叫我去，老爺又不叫我去，我如何敢去。若是像從前這扇小門走得通的時候，要我一天瞧她十趟也不難。如今把門堵了，要打前頭過去，自然不便了。」

黛玉道：「她那裡知道這個原故。」

寶玉道：「寶姐姐為人是最體諒我的。」

黛玉道：「你不要自己打錯了主意。若論寶姐姐，更不體諒，又不是姨媽病，是寶姐姐病。向來在園中，做詩賞花飲酒，何等熱鬧，如今隔開了，你看見她家裡有事了，她病到那步田地，你像沒事人一般，她怎麼不惱呢。」

寶玉道：「這樣難道寶姐姐便不和我好了不成？」

黛玉道：「她和你好不好我卻不知，我也不過是照理而論。」

寶玉聽了，瞪著眼呆了半晌。

……黛玉看見寶玉這樣光景，也不睬他，只是自己叫人添了香，又翻出書來細看了一會。

只見寶玉把眉一皺，把腳一跺道：「我想這個人生他做什麼！天地間沒有了我，倒也乾淨！」

黛玉道：「原是有了我，便有了人，有了人，便有無數的煩惱生出來：恐怖、顛倒、夢想，更有許多纏礙。才剛我說的都是頑話，你不過是看見姨媽沒精打彩，如何便疑到寶姐姐身上去？姨媽過來原為他的官司事情心緒不寧，那裡還來應酬你？都是你自己心上胡思亂想，鑽入魔道裡去了。」

寶玉豁然開朗，笑道：「很是，很是。妳的性靈比我竟強遠了，怨不得前年我生氣的時候，妳和我說過幾句禪語，我實在對不上來。我雖丈六金身[5]，還借妳一莖[6]所化。」

……黛玉乘此機會說道：「我便問你一句話，你如何回答？」

寶玉盤著腿，合著手，閉著眼，撅著嘴道：「講來。」

黛玉道：「寶姐姐和你好你怎麼樣？寶姐姐不和你好你怎麼樣？寶姐姐前兒和你好，如今不和你好你怎麼樣？今兒和你好，後來不和你好你怎麼樣？你和她好他她不和你好你怎麼樣？你不和她好她偏要和你好你怎麼樣？」

寶玉呆了半晌，忽然大笑道：「任憑弱水三千，我只取一瓢飲。」

黛玉道：「瓢之漂水奈何？」

5. 丈六金身—佛的三身之一。指變化身中的小身。因其高約一丈六尺，呈真金色，故名。

6. 莖—草也，即黛玉之絳珠草。

寶玉道：「非瓢漂水，水自流，瓢自漂耳！」

黛玉道：「水止珠沉，奈何[7]？」

寶玉道：「禪心已作沾泥絮，莫向春風舞鷓鴣。」

黛玉道：「禪門第一戒是不打誑語的。」

寶玉道：「有如三寶。」黛玉低頭不語。

…只聽見簷外老鴰[8]呱呱的叫了幾聲，便飛向東南上去，寶玉道：「不知主何吉凶。」

黛玉道：「人有吉凶事，不在鳥聲中。」

忽見秋紋走來說道：「請二爺回去。老爺叫人到園裡來問過，說二爺打學裡回來了沒有。襲人姐姐只說已經來了。快去罷。」嚇得寶玉站起身來往外忙走，黛玉也不敢相留。

…未知何事，下回分解。

7.水止珠沉，奈何——要是水停止流動，珠沉入水底怎麼辦；言下之意是要是你心愛的人死了，你怎麼辦？

8.老鴰——烏鴉的俗稱。

◎第九二回◎

評女傳巧姐慕賢良
玩母珠賈政參聚散

……話說寶玉從瀟湘館出來，連忙問秋紋道：「老爺叫我作什麼？」

秋紋笑道：「沒有叫。襲人姐姐叫我請二爺，我怕你不來，才哄你的。」

寶玉聽了，才把心放下，因說：「你們請我也罷了，何苦來嚇我？」說著，回到怡紅院內。

……襲人便問道：「你這好半天到那裡去了？」寶玉道：「在林姑娘那邊，說起了姨媽家寶姐姐的事來，就坐住了。」

襲人又問道：「說些什麼？」寶玉將打禪語的話述了一遍。

襲人道：「你們再沒個計較。正經說些家

常閒話兒，或講究些詩句，也是好的，怎麼又說到禪語上了？又不是和尚。」

寶玉道：「妳不知道，我們有我們的禪機，別人是插不下嘴去的。」

襲人笑道：「你們參禪參翻了，又叫我們跟著打悶葫蘆了。」

寶玉道：「頭裡我也年紀小，她也孩子氣，所以我說了不留神的話，她就惱了。如今我也留神，她也沒有惱的了。只是她近來不常過來，我又念書，偶然到一處，好像生疏了似的。」

襲人道：「原該這麼著才是。都長了幾歲年紀了，怎麼好意思還像小孩子時候的樣子？」

寶玉點頭道：「我也知道。如今且不用說那個。我問妳：老太太那裡打發人來說什麼來著沒有？」

襲人道：「沒有說什麼。」

寶玉道：「必是老太太忘了。明兒不是十一月初一日麼？年年老太太那裡必是個老規矩，要辦『消寒會』，齊打夥兒[1]坐下，喝酒說笑。

「我今日已經在學房裡告了假了。這會子沒有信兒，明兒可是去不去呢？若去了呢，白白的告了假；若不去，老爺知道了，又說我偷懶。」

……襲人道：「據我說，你竟是去的是。才念的好些兒了，又想歇著。依我說也該上緊些才好。昨兒聽見太太說，蘭哥兒念書真好，他打學房裡回來，還各自念書作文章，天天晚上弄到四更多天才睡。你比他大多了，又是叔叔，倘或趕不上他，又叫老太太生氣，倒不如明兒早起去罷。」

……麝月道：「這樣冷天，已經告了假，又到學房裡去。既這麼

1. 齊打夥兒──謂一齊。

著，就不該告假呀。顯見的是告謊假脫滑兒[2]。依我說，樂得歇一天，就是老太太忘記了，咱們這裡就不消寒了麼？咱們也鬧個會兒不好麼？」

襲人道：「都是妳起頭兒，二爺更不肯去了。」

麝月道：「我也是樂一天是一天，比不得妳要好名兒，使喚一個月再多得二兩銀子。」

襲人啐道：「小蹄子兒！人家說正經話，妳又來胡拉混扯的了！」

麝月道：「我倒不是混拉扯，我是為妳。」

襲人道：「為我什麼？」

麝月道：「二爺上學去了，妳又該咕嘟著嘴想著，巴不得二爺早一刻兒回來，就有說有笑的了。這會子又假撇清！何苦呢？我都看見了。」

2. 脫滑兒——溜走；躲懶。

……襲人正要罵她，只見老太太那裡打發人來，說道：「老太太說了，叫二爺明兒不用上學去呢。明兒請了姨太太來給他解悶，只怕姑娘們都來家裡的。史姑娘、邢姑娘、李姑娘們都請了，明兒來赴什麼『消寒會』呢。」

寶玉沒有聽完，便喜歡道：「可不是？老太太最高興的！明日不上學，是過了明路[3]的了。」襲人也不便言語了。那丫頭回去。

寶玉認真念了幾天書，巴不得頑這一天，又聽見薛姨媽過來，想著寶姐姐自然也來，心裡喜歡，便說：「快睡罷，明日早些起來。」於是一夜無話。

……到了次日，果然一早到老太太那裡請了安，又到賈政王大人那裡請了安。回明了老太太今兒不叫上學，賈政也沒言語，便慢慢退出來。走了幾步，便一溜煙跑到賈母房中。

3. **明路**——正式的途徑或程序。

見眾人都沒來，只有鳳姐那邊的奶媽子，帶了巧姐兒，跟著幾個小丫頭，過來給老太太請了安，說：「我媽媽先叫我來請安，陪著老太太說說話兒。媽媽回來就來。」

賈母笑著道：「好孩子！我一早就起來了。等她們總不來，只有你二叔叔來了。」

那奶媽子便說：「姑娘，給叔叔請安。」巧姐便請了安。寶玉也問了一聲「妞妞好？」

……巧姐道：「昨夜聽見我媽媽說，要請二叔叔去說話。」

寶玉道：「說什麼？」

巧姐道：「我媽媽說，跟著李媽認了幾年字，不知道我認得不認得。我說『都認得。我認給媽媽瞧。』媽媽說我瞎認，不信，說我一天儘子[4]頑，那裡認得！

「我瞧著那些字也不要緊，就是那《女孝經》也是容易念的。媽

4. 儘子——總是，老是。

媽說我哄她，要請二叔叔得空兒的時候給我理理。」

賈母聽了，笑道：「好孩子，妳媽媽是不認得字的，所以說妳哄她。明兒叫妳二叔叔理給她瞧瞧，她就信了。」

寶玉道：「妳認了多少字了？」

巧姐兒道：「認了三千多字。念了一本《女孝經》，半個月頭裡又上了《列女傳》。」

寶玉道：「妳念了懂的嗎？妳要不懂，我倒是講講這個妳聽罷。」

賈母道：「做叔叔的也該講給姪女兒聽聽。」

……寶玉道：「那文王后妃不必說了，想來是知道的。那姜后脫簪待罪[5]和齊國的無鹽安邦定國，是后妃裡頭的賢能的。若說有才的，是曹大家、班婕妤、蔡文姬、謝道韞諸人。孟光的荊釵布裙，鮑宣妻的提甕出汲[6]，陶侃母的截髮留賓[7]，還

5.脫簪待罪——古代后妃犯下重大過錯請罪時的禮節。一般是摘去簪珥珠飾，散開頭髮，脫去華貴衣物換著素服，下跪求恕。最嚴重的還要赤足，因為古代女子重視自己的雙足不能隨意裸露，所以是一種侮辱性懲罰。

6.提甕出汲——原指東漢鮑宣妻桓少君，嫁後，不計較自己出身富貴，而甘於夫家的貧賤，親自操持家務。典出《後漢書．卷八十四．列女傳．鮑宣妻傳》。後用以稱頌婦女有順從的德性，願與

有畫荻教子[8]的，這是不厭貧的。

「那苦的裡頭，有樂昌公主破鏡重圓，蘇蕙的迴文感主。那孝的是更多了：木蘭代父從軍，曹娥投水尋屍等類也多，我也說不得許多。那個曹氏的引刀割鼻[9]，是魏國的故事。那守節的更多了，只好慢慢的講。若是那些艷的，王嬙、西子、樊素、小蠻、絳仙等。妬的，是禿妾髮、怨洛神等類。文君、紅拂，也是女中的豪傑。」

……賈母聽到這裡，說：「夠了，不用說了。你講的太多，她那裡還記得呢！」

巧姐道：「二叔叔才說的，也有念過的，也有沒念過的。二叔叔一講我更知道了好些。」

寶玉道：「那字是自然認得的，不用再理。」

巧姐道：「我還聽見我媽媽昨日說，我們家的小紅，頭裡是二

丈夫同甘共苦。

7.截髮留賓——晉陶侃少家貧。一日大雪，同郡孝廉範逵往訪，陶母湛氏剪髮賣以治饌款客，並剉碎草薦以供其馬。事見南朝宋劉義慶《世說新語．賢媛》。後以「截髮留賓」為賢母好客的典故。

8.畫荻教子——荻，蘆葦。用蘆葦在地上書畫教育兒子讀書。用以稱讚母親教子有方。出自《宋史．歐陽修傳》。

9.引刀割鼻——漢劉向《列女傳．梁寡

叔叔那裡的，我媽媽要了來，還沒有補上人呢。我媽媽想著要把什麼柳家的五兒補上，不知二叔叔要不要？」

寶玉聽了更喜歡，笑著道：「妳聽妳媽媽的話！要補誰就補誰罷咧，又問什麼要不要呢？」

因又向賈母笑道：「我瞧大妞妞這個小模樣兒，又有這個聰明兒，只怕將來比鳳姐姐還強呢，又比她認得字。」

……賈母道：「女孩兒家認得字也好，只是女工針黹倒是要緊的。」

巧姐兒道：「我也跟著劉媽媽學著做呢。什麼紮花兒咧，拉鎖子，雖弄不好，卻也學著會做幾針兒。」

賈母道：「咱們這樣人家，固然不仗著自己做，但只到底知道些，日後才不受人家的拿捏。」巧姐兒答應著是，還要寶玉解說《列女傳》，見寶玉呆呆的，也不好再問。

高行》：「梁高行者，梁之寡婦也。其為人榮於色而美於行，夫死早寡不嫁，梁貴人多爭欲取之者，不能得。梁王聞之，使相聘焉⋯（高行）乃援鏡持刀以割其鼻。」後以其人為封建時代節婦烈女的典型，亦有效法其事者。

……你道寶玉呆的是什麼？只因柳五兒要進怡紅院，頭一次是他病了，不能進來；第二次王夫人攆了晴雯，大凡有些姿色的都不敢挑。後來又在吳貴家看晴雯去，五兒跟著他媽給晴雯送東西去，見了一面，更覺嬌娜嫵媚。今日虧得鳳姐想著，叫她補入小紅的窩兒，竟是喜出望外了，所以呆呆的想她。

……賈母等著那些人，見這時候還不來，又叫丫頭去請。回來李紈同著她妹子、探春、惜春、史湘雲、黛玉都來了。大家請了賈母的安，眾人廝見，獨有薛姨媽未到。賈母又叫請去。果然薛姨媽帶著寶琴過來。寶玉請了安，問了好，只不見寶釵、邢岫煙二人。黛玉便問起：「寶姐姐為何不來？」薛姨媽假說身上不好。邢岫煙知道薛姨媽在坐，所以不來。寶玉雖見寶釵不來，心中納悶，因黛玉來了，便把想寶釵的心暫且擱開。不多時，邢、王二夫人也來了。鳳姐聽見婆婆們先到了，自己不好落後，只得打發平兒先來告假，說是正要過來，因身上發熱，過一回兒就來。

賈母道：「既是身上不好，不來也罷。咱們這時候很該吃飯了。」丫頭們把火盆往後挪了一挪，就在賈母榻前一溜擺下兩桌，大家序次坐下吃了飯，依舊圍爐閒談，不須多贅。

……且說鳳姐因何不來？頭裡為著倒比邢、王二夫人遲了不好意思，後來旺兒家的來回說：「迎姑娘那裡打發人來請奶奶安，還說並沒有到上頭，只到奶奶這裡來。」

鳳姐聽了納悶，不知又是什麼事，便叫那人進來，問：「姑娘在家好？」

那人道：「有什麼好的！奴才並不是姑娘打發來的，實在是司棋的母親央我來求奶奶的。」

鳳姐道：「司棋已經出去了，為什麼來求我？」

…那人道：「司棋自從出去，終日啼哭。忽然那一日，她表兄來了，她母親見了，恨的什麼兒似的，說他害了司棋，一把拉住要打。那小子不敢言語。

「誰知司棋聽見了，急忙出來，老著臉，和她母親說：『我是為他出來的，我也恨他沒良心。如今他來了，媽要打他，不如勒死了我罷！』

「她媽罵她：『不害臊的東西！妳心裡要怎麼樣？』司棋說道：『一個女人嫁一個男人。我一時失腳，上了他的當，我就是他的人了，決不肯再跟著別人的。我只恨他為什麼這麼膽小？一人作事一身當，為什麼要逃？就是他一輩子不來，我也一輩子不嫁人的。

「媽要給我配人，我原拚著一死的。今兒他來了，媽問他怎麼樣。要是他不改心，我在媽跟前磕了頭，只當是我死了，他到那裡，我跟到那裡，就是討飯吃也是願意的。』

「她媽氣的了不得，便哭著罵著，說：『妳是我的女兒，我偏不給他，妳敢怎麼著？』那知道司棋這東西糊塗，便一頭撞在牆上，把腦袋撞破，鮮血流出，竟碰死了！

「她媽哭著，救不過來，便要叫那小子償命。他表兄也奇，說道：『妳們不用著急。我在外頭原發了財，因想著她才回來的，心也算是真了。妳們要不信，只管瞧。』說著，打懷裡掏出一匣子金珠首飾來。

「她媽媽看見了，心軟了，說：『你既有心，為什麼總不言語？』他外甥道：『大凡女人都是水性楊花，我要說有錢，她就是貪圖銀錢了。如今她這為人，就是難得的。我把首飾給妳們，我去買棺盛殮她。』

「那司棋的母親接了東西，也不顧女孩兒了，由著外甥去。那裡知道她外甥叫人抬了兩口棺材來。司棋的母親看見，詫異說：『怎麼棺材要兩口？』她外甥笑道：『一口裝不下，得兩口纔好。』

「司棋的母親見他外甥又不哭，只當是他心疼的傻了。豈知他忙著把司棋收拾了，也不啼哭，眼錯不見，把帶的小刀子往脖子裡一抹，也就抹死了。

「司棋的母親懊悔起來，倒哭得了不得。如今坊上知道了，要報官。她急了，央我來求奶奶說個人情，她再過來給奶奶磕頭。」

……鳳姐聽了，詫異道：「那有這樣傻丫頭？偏偏的就碰見這個傻小子！怪不得那一天翻出那些東西來，她心裡沒事人似的，敢只是這麼個烈性孩子！

「論起來，我也沒這麼大工夫管她這些閒事，但只妳才說的，叫人聽著，怪可憐見兒的。也罷了，你回去告訴她，我和妳二爺說，打發旺兒給她撕擄[10]就是了。」鳳姐打發那人去

10. 撕擄——張羅，排解。

了，才過賈母這邊來。不提。

※……※……※

且說賈政這日正與詹光下大棋，通局的輸贏也差不多，單為著一隻角兒，死活未定，在那裡打結。門上的小廝進來回道：「外面馮大爺要見老爺。」賈政道：「請進來。」小廝出去請了。馮紫英走進門來，賈政忙迎著。

……馮紫英進來，在書房中坐下，見是下棋，便道：「只管下棋，我來觀局。」

詹光笑道：「晚生的棋是不堪瞧的。」

馮紫英道：「好說，請下罷。」

賈政道：「有什麼事麼？」

馮紫英道：「沒有什麼話。老伯只管下棋，我也學幾著兒。」

賈政向詹光道：「馮大爺是我們相好的，既沒事，我們索性下完了這一局再說話兒。馮大爺在旁邊瞧著。」

馮紫英道：「下采[11]不下采？」

詹光道：「下采的。」

馮紫英道：「下采的是不好多嘴的。」

賈政道：「多嘴也不妨，橫豎他輸了十來兩銀子，終久是不拿出來的。往後只好罰他做東便了。」

詹光笑道：「這倒使得。」

馮紫英道：「老伯和詹公對下麼？」

賈政笑道：「從前對下，他輸了；如今讓他兩個子兒，他又輸了。時常還要悔幾著。不叫他悔，他就急了。」

詹光也笑道：「沒有的事。」

賈政道：「你試試瞧。」大家一面說笑，一面下完了，收起棋來。詹光還了棋頭，輸了七個子兒。

11. 下采──下賭注。

馮紫英道：「這盤總吃虧在打結裡頭。老伯結少，就便宜了。」

……賈政對馮紫英道：「有罪，有罪。咱們說話兒罷。」

馮紫英道：「小姪與老伯久不見面。一來會會，二來因廣西的同知進來引見，帶了四種洋貨，可以做得貢的。

「一件是圍屏，有二十四扇槅子，都是紫檀雕刻的。中間雖說不是玉，卻是絕好的硝子石[12]，石上鏤出山水、人物、樓臺、花鳥等物。一扇上有五六十個人，都是宮妝的女子，名為『漢宮春曉』。人的眉目口鼻以及出手衣褶，刻得又清楚，又細膩。點綴布置，都是好的。我想尊府大觀園中正廳上恰好用的著。

「還有一架鐘表，有三尺多高，也是一個小童兒拿著時辰牌，到什麼時候兒，就報什麼時候；裡頭還有些人在那裡打十番的。這是兩件重笨的，卻還沒有拿來。

12. 硝子石——一種質地似玉的石頭。

「現在我帶在這裡的兩件，卻倒有些意思兒。」就在身邊拿出一個錦匣子來，用幾重白綾裹著，揭開了蓋子，第一層是一個玻璃盒子，裡頭金托子大紅縐綢托底，上放著一顆桂圓大的珠子，光華耀目。

……馮紫英道：「據說這就叫做『母珠』。」因叫拿一個盤兒來。詹光即忙端過一個黑漆茶盤，道：「使得麼？」馮紫英道：「使得。」便又向懷裡掏出一個白絹包兒，將包兒裡的珠子都倒在盤裡散著，把那顆母珠擱在中間，將盤放於桌上。

看見那些小珠子兒，滴溜滴溜的都滾到大珠子身邊，回來把這顆大珠子抬高了，別處的小珠子一顆也不剩，都黏在大珠上。

詹光道：「這也奇怪！」

賈政道：「這是有的，所以叫做母珠，原是珠之母。」

……那馮紫英又回頭看著他跟來的小廝道：「那個匣子呢？」小廝趕忙捧過一個花梨木匣子來。大家打開看時，原來匣內襯著虎紋錦，錦上疊著一束藍紗。詹光道：「這是什麼東西？」馮紫英道：「這叫做『鮫綃帳』。」在匣子裡拿出來時，疊得長不滿五寸，厚不上半寸。馮紫英一層一層的打開，打到十來層，已經桌上鋪不下了。馮紫英道：「你看，裡頭還有兩褶，必得高屋裡去，才張得下。這就是鮫綃絲所織。暑熱天氣，張在堂屋裡頭，蒼蠅蚊子一個不能進來，又輕又亮。」

賈政道：「不用全打開，怕疊起來倒費事。」詹光便與馮紫英一層一層摺好收拾了。

……馮紫英道：「這四件東西，價兒也不貴，兩萬銀他就賣。母珠一萬，鮫綃帳五千，『漢宮春曉』與自鳴鐘五千。」

賈政道：「那裡買的起！」

馮紫英道：「你們是個國戚，難道宮裡頭用不著麼？」

賈政道：「用得著的很多，只是那裡有這些銀子？等我叫人拿進去給老太太瞧瞧。」馮紫英道：「很是。」

……賈政便著人叫賈璉把這兩件東西送到老太太那邊去，並叫人請了邢、王二夫人、鳳姐兒都來瞧著，又把兩件東西一一試過。賈璉道：「他還有兩件：一件是圍屏，一件是樂鐘。共總要賣二萬銀子呢。」

鳳姐兒接著道：「東西自然是好的，但是那裡有這些閒錢？咱們又不比外任督撫要辦貢。我已經想了好些年了，像咱們這種人家，必得置些不動搖的根基纔好：或是祭地，或是義莊，再置些墳屋。往後子孫遇見不得意的事，還是點兒底子，不到一敗塗地。我的意思是這樣，不知老太太、老爺、太太們怎麼樣？若是外頭老爺們要買只管買。」

賈母與眾人都說：「這話說的倒也是。」

賈璉道：「還了他罷。原是老爺叫我送給老太太瞧，為的是宮裡好進。誰說買來擱在家裡？老太太還沒開口，妳便說了一大堆喪氣話。」說著，便把兩件東西拿出去了，告訴了賈政，只說：「老太太不要。」

便與馮紫英道：「這兩件東西好可好，就只沒銀子。我替你留心，有要買的人，我便送信給你去。」馮紫英只得收拾好了，坐下說些閒話，沒有興頭，就要起身。

賈政道：「你在這裡吃了晚飯去罷。」

馮紫英道：「罷了。來了就叨擾老伯嗎！」

賈政道：「說那裡的話！」正說著，人回：「大老爺來了。」賈赦早已進來。彼此相見，敍些寒溫。

……不一時，擺上酒來，餚饌羅列，大家喝著酒。至四五巡後，說起洋貨的話。

馮紫英道：「這種貨本是難銷的。除非要像尊府這樣人家，還可銷得，其餘就難了。」

賈政道：「這也不見得。」賈赦道：「我們家裡也比不得從前了，這回兒也不過是個空門面。」

馮紫英又問：「東府珍大爺可好麼？我前兒見他，說起家常話兒來，提到他令郎續娶的媳婦遠不及頭裡那位秦氏奶奶了。如今後娶的到底是那一家的？我也沒有問起。」

賈政道：「我們這個姪孫媳婦兒也是這裡大家，從前做過京畿道的胡老爺的女孩兒。」馮紫英道：「胡道長我是知道的。但是他家教上也不怎麼樣。也罷了，只要姑娘好就好。」

……賈璉道：「聽得內閣裡人說起，雨村又要陞了。」

賈政道：「這也好。不知准不准？」

賈璉道：「大約有意思的了。」

馮紫英道：「我今兒從吏部裡來，也聽見這樣說。雨村老先生是貴本家不是？」賈政道：「是。」

馮紫英道：「是有服的？還是無服的？」賈政道：「說也話長。他原籍是浙江湖州府人，流寓到蘇州，甚不得意。有個甄士隱和他相好，時常周濟他。以後中了進士，得了榜下知縣，便娶了甄家的丫頭。如今的太太不是正配。

「豈知甄士隱弄到零落不堪，沒有找處。雨村革了職以後，那時還與我家並未相識。只因舍妹丈林如海林公在揚州巡鹽的時候，請他在家做西席，外甥女兒是他的學生。因他有起復的信，要進京來，恰好外甥女兒要上來探親，林姑老爺便托他照應上來的。還有一封薦書托我吹噓吹噓。

「那時看他不錯，大家常會。豈知雨村也奇：我家世襲起，從『代』字輩下來，寧榮兩宅，人口房舍，以及起居事宜，一概都明白。因此，遂覺得親熱了。」

因又笑說道：「幾年間門子也會鑽了，由知府推陞轉了御史，不過幾年，陞了吏部侍郎、兵部尚書。為著一件事降了三級，如今又要陞了。」

…馮紫英道：「人世的榮枯，仕途的得失，總屬難定。」

賈政道：「天下事都是一個樣的理喲。比如方纔那珠子，那顆大的，就像有福氣的人似的，那些小的都托賴著他的靈氣護庇著。要是那大的沒有了，那些小的也就沒有收攬了。就像人家兒當頭人有了事，骨肉也都分離了，親戚也都零落了，就是好朋友也都散了。轉瞬榮枯，真似春雲秋葉一般。

「你想做官有什麼趣兒呢？像雨村算便宜的了。還有我們差不多的人家兒，就是甄家，從前一樣功勳，一樣世襲，一樣起居，我們也是時常來往。不多幾年，他們進京來，差人到我這裡請安，還很熱鬧。一會兒抄了原籍的家財，至今杳無音信。不知他近況若何，心下也著實惦記著。看了這樣，你想做官的怕不怕？」

……賈赦道：「咱們家是再沒有事的。」

馮紫英道：「果然尊府是不怕的：一則裡頭有貴妃照應；二則故舊好，親戚多；三則你們家自老太太起，至於少爺們，沒有一個刁鑽刻薄的。」

賈政道：「雖無刁鑽刻薄的，卻沒有德行才情。白白的衣租食稅，那裡當得起？」

賈赦道：「咱們不用說這些話，大家吃酒罷。」

…大家又喝了幾杯，擺上飯來。吃畢喝茶。馮家的小廝走來輕輕的向紫英說了一句，馮紫英便要告辭。

賈赦問那小廝道：「你說什麼？」

小廝道：「外面下雪，早已下了梆子[13]了。」賈政叫人看時，已是雪深一寸多了。

賈政道：「那兩件東西，你收拾好了麼？」

馮紫英道：「收好了。若尊府要用，價錢還自然讓些。」

賈政道：「我留神就是了。」

紫英道：「我再聽信罷。天氣冷，請罷，別送了。」賈赦賈政便命賈璉送了出去。

…未知後事如何，下回分解。

13. 下了梆子——翻了一個更次。

第九三回

甄家僕投靠賈家門
水月庵掀翻風月案

……卻說馮紫英去後，賈政叫門上人來吩咐道：「今兒臨安伯那裡來請吃酒，知道是什麼事？」門上的人道：「奴才曾問過，並沒有什麼喜慶事。不過南安王府裡到了一班小戲子，都說是個名班。伯爺高興，唱兩天戲請相好的老爺們瞧瞧，熱鬧熱鬧。大約不用送禮的。」

說著，賈赦過來問道：「明兒二老爺去不去？」賈政道：「承他親熱，怎麼好不去的？」說著，門上進來回道：「衙門裡書辦來請老爺明日上衙門，有堂派[1]的事，必得早些去。」

賈政道：「知道了。」

說著，只見兩個管屯裡地租子的家人走來，請了安，磕了頭，旁邊站著。賈政道：「你們是郝家莊的？」兩個答應了一聲。賈政也不往下問，竟與賈赦各自說了一回話兒散了。家人等秉著手燈，送過賈赦去。

……這裡賈璉便叫那管租的人道：「說你的。」那人說道：「十月裡的租子奴才已經趕上來了，原是明兒可到。誰知京外拿車，把車上的東西不由分說都掀在地下。奴才告訴他說是府裡收租子的車，不是買賣車。他更不管這些。奴才叫車夫只管拉著走，幾個衙役就把車夫混打了一頓，硬扯了兩輛車去了。

「奴才所以先來回報，求爺打發個人到衙門裡去要了來才好。再者，也整治整治這些無法無天的差役才好。爺還不知道呢，更可憐的是那買賣車，客商的東西全不顧，掀下來趕著

1.堂派—清代官府的辦公處叫堂，中央各部主管長官通稱「堂官」，由堂官或辦公處交辦的事叫堂派。

就走。那些趕車的但說句話，打的頭破血出的。」

……賈璉聽了，罵道：「這個還了得！」立刻寫了一個帖兒，叫家人：「拿去向拿車的衙門裡要車去，並車上東西。若少了一件，是不依的。快叫周瑞。」周瑞不在家。又叫旺兒，旺兒晌午出去了，還沒有回來。賈璉道：「這些忘八羔子[2]，一個都不在家。他們終年間吃糧不管事。」因吩咐小廝們：「快給我找去。」說著，也回到自己屋裡睡下不提。

……且說臨安伯第二天又打發人來請，賈政告訴賈赦道：「我是衙門裡有事，璉兒要在家等候拿車的事情，也不能去，倒是大老爺帶寶玉應酬一天也罷了。」賈赦點頭道：「也使得。」

2. 忘八羔子——罵人的話。

賈政遣人去叫寶玉，說：「今兒跟大爺到臨安伯那裡聽戲去。」寶玉喜歡的了不得，便換上衣服，帶了焙茗、掃紅、鋤藥三個小子出來，見了賈赦請了安，上了車，來到臨安伯府裡。門上人回進去，一會子出來說：「老爺請。」

…於是賈赦帶著寶玉走入院內，只見賓客喧闐[3]。賈赦寶玉見了臨安伯，又與眾賓客都見過了禮，大家坐著說笑了一回。只見一個掌班的，拿著一本戲單，一個牙笏[4]，向上打了一個千兒[5]，說道：「求各位老爺賞戲。」先從尊位點起，挨至賈赦，也點了一齣。那人回頭見了寶玉，便不向別處去，竟搶步上來打個千兒道：「求二爺賞兩齣。」

…寶玉一見那人，面如傅粉，唇若塗朱，鮮潤如出水芙蕖，飄揚似臨風玉樹。原來不是別人，就是蔣玉菡。前日聽得他帶

3.喧闐——喧嘩，熱鬧。

4.牙笏——象牙手板。亦指朝笏。原為大臣朝見皇帝時所執用。

5.打千兒——清代男子的敬禮。右手下垂，左腿向前屈膝，右腿彎曲。

了小戲子進京，也沒有到自己那裡。此時見了，又不好站起來，只得笑道：「你多早晚來的？」蔣玉菡把手在自己身子上一指，笑道：「怎麼二爺不知道麼？」寶玉因眾人在坐，也難說話，只得胡亂點了一齣。

……蔣玉菡去了，便有幾個議論道：「此人是誰？」有的說：「他向來是唱小旦的，如今不肯唱小旦，年紀也大了，就在府裡掌班。頭裡也改過小生。他也攢了好幾個錢，家裡已經有兩三個鋪子，只是不肯放下本業，原舊領班。」有的說：「想必成了家了？」有的說：「親還沒有定。他倒掌定一個主意，說是人生配偶關係一生一世的事，不是混鬧得的，不論尊卑貴賤，總要配的上他的才罷。所以到如今還並沒娶親。」

寶玉暗忖度道：「不知日後誰家的女孩兒嫁他。要嫁著這樣的人材兒，也算是不辜負了。」

…那時開了戲，也有崑腔，也有高腔，也有弋腔[6]、梆子腔，做得熱鬧。過了晌午，便擺開桌子吃酒。又看了一回，賈赦便欲起身，臨安伯過來留道：「天色尚早，聽見說蔣玉菡還有一齣《占花魁》，是他頂好的首戲。」寶玉聽了，巴不得賈赦不走。於是賈赦又坐了一會。果然蔣玉菡扮著秦小官，服侍花魁醉後神情，把這一種憐香惜玉的意思，做得極情盡致。以後對飲對唱，纏綿繾綣。寶玉這時不看花魁，只把兩隻眼睛獨射在秦小官身上。更加蔣玉菡聲音響亮，口齒清楚，按腔落板，寶玉的神魂都唱了進去了。

直等這齣戲進場後，更知蔣玉菡極是情種，非尋常戲子可比。因想著《樂記》上說的是「情動於中，故形於聲。聲成文謂

6.弋腔——弋腔也叫弋陽腔，大約在元代後期，南戲流佈各地，其中一支流傳到江西廣信府（上饒）弋陽縣一帶，同當地方言和民間藝術相融會而逐漸形成，而到明代嘉靖、隆慶以後，影響不斷擴大。弋腔的基本特點是一人獨唱，眾人幫腔，只用打擊樂伴奏。

之音。」所以知聲、知音、知樂，有許多講究。聲音之原，不可不察。詩詞一道，但能傳情，不能入骨，自後想要講究講究音律。

寶玉想出了神，忽見賈赦起身，主人不及相留。寶玉沒法，只得跟了回來。到了家中，賈赦自回那邊去了，寶玉來見賈政，賈政才下衙門，正向賈璉問起拿車之事。

賈璉道：「今兒門人拿帖兒去，知縣不在家。他的門上說了：『這是本官不知道的，並無牌票出去拿車，都是那些混帳東西在外頭撒野擠訛頭[7]。

「既是老爺府裡的，我便立刻叫人去追辦，包管明兒連車連東西一並送來，如有半點差遲，再行稟過本官，重重處治。此刻本官不在家，求這裡老爺看破些，可以不用本官知道更好。』」

賈政道：「既無官票，到底是何等樣人在那裡作怪？」

7. 擠訛頭——謂尋事訛詐。

賈璉道：「老爺不知，外頭都是這樣。想來明兒必定送來的。」賈璉說完下來，寶玉上去見了。賈政問了幾句，便叫他往老太太那裡去。

……賈璉因為昨夜叫空了家人，出來傳喚，那起人多已伺候齊全。賈璉罵了一頓，叫大管家賴升：「將各行檔[8]的花名冊子拿來，你去查點查點。寫一張諭帖，叫那些人知道：若有並未告假，私自出去，傳喚不到，貽誤公事的，立刻給我打了攆出去！」賴升連忙答應了幾個「是」，出來吩咐了一回，家人各自留意。

※……※……※

……過不幾時，忽見有一個人頭上載著氈帽，身上穿著一身青布衣裳，腳下穿著一雙撒鞋[9]，走到門上向眾人作了個揖。眾

8. 行檔——行當，行業。

9. 撒鞋——拖鞋。

人拿眼上上下下打諒了一番，便問他是那裡來的。那人道：「我自南邊甄府中來的。並有家老爺手書一封，求這裡的爺們呈上尊老爺。」眾人聽見他是甄府來的，才站起來讓他坐下道：「你乏了，且坐坐，我們給你回就是了。」門上一面進來回明賈政，呈上來書。看時，上寫著：

> 世交夙好，氣誼素敦，遙仰襜帷[10]，不勝依切。弟因菲材獲譴，自分萬死難償，幸邀寬宥，待罪邊隅，迄今門戶凋零，家人星散。所有奴子包勇，向曾使用，雖無奇技，人尚慤實[11]。倘使得備奔走，糊口有資，屋烏之愛，感佩無涯矣。專此奉達，餘容再敘。不宣。

賈政看完，笑道：「這裡正因人多，甄家倒薦人來，又不好卻的。」吩咐門上：「叫他見我。且留他住下，因材使用便了。」

10. 襜（音攙）帷—車上的帷幕。在前面的叫襜，在兩旁的叫帷。

11. 慤（音確）實—樸實。

門上出去，帶進人來。見賈政便磕了三個頭，起來道：「家老爺請老爺安。」自己又打個千兒說：「包勇請老爺安。」

……賈政回問了甄老爺的好，便把他上下一瞧，但見包勇身長五尺有零，肩背寬肥，濃眉爆眼，磕額[12]長髯，氣色粗黑，垂著手站著。便問道：「你是向來在甄家的，還是住過幾年的？」

包勇道：「小的向在甄家的。」

賈政道：「你如今為什麼要出來呢？」

包勇道：「小的原不肯出來，只是家爺再三叫小的出來，說是別處你不肯去，這裡老爺家裡只當原在自己家裡一樣的，所以小的來的。」

賈政道：「你們老爺不該有這事情，弄到這樣的田地。」

包勇道：「小的本不敢說，我們老爺只是太好了，一味的真心

12. 磕額——凸出的額頭。

待人，反倒招出事來。」
賈政道：「真心是最好的了。」
包勇道：「因為太真了，人人都不喜歡，討人厭煩是有的。」
賈政笑了一笑道：「既這樣，皇天自然不負他的。」
……包勇還要說時，賈政又問道：「我聽見說你們家的哥兒不是也叫寶玉麼？」包勇道：「是。」
賈政道：「他還肯向上巴結麼？」
包勇道：「老爺若問我們哥兒，倒是一段奇事。哥兒的脾氣也和我家老爺一個樣子，也是一味的誠實。從小兒只管和那些姐妹們在一處頑，老爺太太也狠打過幾次，他只是不改。「那一年太太進京的時候兒，哥兒大病了一場，已經死了半日，把老爺幾乎急死，裝裹都預備了。幸喜後來好了，嘴裡說道：走到一座牌樓那裡，見了一個姑娘領著他到了一座廟裡，見了好些櫃子，裡頭見了好些冊子。又到屋裡，見了無數女子，說是多變了鬼怪似的，也有變做骷髏兒的。他嚇急了，便哭喊起來。

「老爺知他醒過來了，連忙調治，漸漸的好了。老爺仍叫他在姐妹們一處頑去，他竟改了脾氣了，好著時候的頑意兒一概都不要了，惟有念書為事。就有什麼人來引誘他，他也全不動心。如今漸漸的能夠幫著老爺料理些家務了。」

賈政默然想了一回，道：「你去歇歇去罷。等這裡用著你時，自然派你一個行次兒[13]。」包勇答應著退下來，跟著這裡人出去歇息。不提。

※※※

……一日賈政早起，剛要上衙門，看見門上那些人在那裡交頭接耳，好像要使賈政知道的似的，又不好明回，只管咕咕唧唧

13. 行次兒——行當，差事。

的說話。

賈政叫上來問道：「你們有什麼事，鬼鬼祟祟的？」門上的人回道：「奴才們不敢說。」賈政道：「有什麼事不敢說的？」門上的人道：「奴才今兒起來開門出去，見門上貼著一張白紙，上寫著許多不成事體的字。」賈政道：「那裡有這樣的事！寫的是什麼？」門上的人道：「是水月庵裡的腌臢話。」賈政道：「拿給我瞧。」門上的人道：「奴才本要揭下來，誰知他貼得結實，揭不下來，只得一面抄一面洗。剛才李德揭了一張給奴才瞧，就是那門上貼的話。奴才們不敢隱瞞。」說著呈上那帖兒。賈政接來看時，上面寫著：

西貝草斤年紀輕，水月庵裡管尼僧。

一個男人多少女，窩娼聚賭是陶情。

不肖子弟來辦事，榮國府內出新聞。

賈政看了，氣得頭昏目暈，趕著叫門上的人不許聲張，悄悄叫人往寧榮兩府靠近的夾道子牆壁上再去找尋。隨即叫人去喚賈璉出來。

…賈璉即忙趕至。賈政忙問道：「水月庵中寄居的那些女尼女道，向來你也查考查考過沒有？」

賈璉道：「老爺既這麼說，想來芹兒必有不妥當的地方兒。」

賈政嘆道：「你瞧瞧這個帖兒寫的是什麼。」

賈璉一看，道：「有這樣事麼？」正說著，只見賈蓉走來，拿著一封書子，寫著「二老爺密啟」。打開看時，也是無頭榜[14]一張，與門上所貼的話相同。

賈政道：「快叫賴大帶了三四輛車子到水月庵裡去，把那些女

14. 無頭榜——匿名揭貼。

尼女道士一齊拉回來。不許洩漏，只說裡頭傳喚。」賴大領命去了。

……且說水月庵中小女尼女道士等初到庵中，沙彌與道士原係老尼收管，日間教她些經懺。以後元妃不用，也便習學得懶待了。那些女孩子們年紀漸漸的大了，都也有個知覺了。更兼賈芹也是風流人物，打量芳官等出家只是小孩子性兒，便去招惹她們。

那知芳官竟是真心，不能上手，便把這心腸移到女尼女道士身上。因那小沙彌中有個名叫沁香的和女道士中有個叫做鶴仙的，長得都甚妖嬈，賈芹便和這兩個人勾搭上了。閒時便學些絲弦，唱個曲兒。

……那時正當十月中旬，賈芹給庵中那些人領了月例銀子，便想起法兒來，告訴眾人道：「我為妳們領月錢不能進城，又只得在這裡歇著。怪冷的，怎麼樣？我今兒帶些果子酒，大家吃著樂一夜好不好？」

那些女孩子都高興，便擺起桌子，連本庵的女尼也叫了來，惟有芳官不來。賈芹喝了幾杯，便說道要行令。沁香等道：「我們都不會，到不如搳拳[15]罷。誰輸了喝一杯，豈不爽快。」本庵的女尼道：「這天剛過晌午，混嚷混喝的不像。且先喝幾盅，愛散的先散去，誰愛陪芹大爺的，回來晚上盡子喝去，我也不管。」

……正說著，只見道婆急忙進來說：「快散了罷，府裡賴大爺來了。」眾女尼忙亂收拾，便叫賈芹躲開。賈芹因多喝了幾杯，便道：「我是送月錢來的，怕什麼！」話猶未完，已見賴大進來，見這般樣子，心裡大怒。為的是賈政吩咐不許聲張，

15. **搳拳**——亦稱猜拳。雙手同時伸出手指，並說出一個數目，如一方說出的數與雙方伸出的手指總數相符，便為贏家，輸者罰飲。

只得含糊裝笑道：「芹大爺也在這裡呢麼。」

賈芹連忙站起來道：「賴大爺，你來作什麼？」

賴大說：「大爺在這裡更好。快快叫沙彌道士收拾上車進城，宮裡傳呢。」賈芹等不知原故，還要細問。賴大說：「天已不早了，快快的好趕進城。」眾女孩子只得一齊上車，賴大騎著大走騾押著趕進城，不題。

……卻說賈政知道這事，氣得衙門也不能上了，獨坐在內書房嘆氣。賈璉也不敢走開。忽見門上的進來稟道：「衙門裡今夜該班是張老爺，因張老爺病了，有知會來請老爺補一班。」賈政正等賴大回來要辦賈芹，此時又要該班，心裡納悶，也不言語。

賈璉走上去說道：「賴大是飯後出去的，水月庵離城二十來里，就趕進城也得二更天。今日又是老爺的幫班，請老爺只管去。賴大來了，叫他押著，也別聲張，等明兒老爺回來再發落。倘或芹兒來了，也不用說明，看他明日見了老爺怎麼樣說。」

賈政聽來有理，只得上班去了。賈璉抽空才要回到自己房中，一面走著，心裡抱怨鳳姐出的主意，欲要埋怨，因她病著，只得隱忍，慢慢的走著。

……且說那些下人，一人傳十，傳到裡頭。先是平兒知道，即忙告訴鳳姐。鳳姐因那一夜不好，懨懨的總沒精神，正是惦記鐵檻寺的事情。聽說外頭貼了匿名揭帖的一句話，嚇了一跳，忙問貼的是什麼。平兒隨口答應，不留神就錯說了道：「沒要緊，是饅頭庵裡的事情。」

鳳姐本是心虛，聽見饅頭庵的事情，這一唬直唬怔了，一句話沒說出來，急火上攻，眼前發暈，咳嗽了一陣，哇的一聲，吐出一口血來。平兒慌了，說道：「水月庵裡不過是女沙彌女道士的事，奶奶著什麼急。」
鳳姐聽是水月庵，才定了定神，說道：「呸，糊塗東西，到底是水月庵呢，是饅頭庵？」
平兒笑道：「是我頭裡錯聽了是饅頭庵，後來聽見不是饅頭庵，是水月庵。我剛才也就說溜了嘴，說成饅頭庵了。」
鳳姐道：「我就知道是水月庵，那饅頭庵與我什麼相干？原是這水月庵是我叫芹兒管的，大約剋扣了月錢。」
平兒道：「我聽著不像月錢的事，還有些腌臢話呢。」
鳳姐道：「我更不管那個。妳二爺那裡去了？」
平兒說：「聽見老爺生氣，他不敢走開。我聽見事情不好，我吩咐這些人不許吵嚷，不知太太們知道了麼。但聽見說老爺叫賴大拿這些女孩子去了。且叫個人前頭打聽打聽。奶奶現在病著，依我竟先別管他們的閒事。」

……正說著，只見賈璉進來。鳳姐欲待問他，見賈璉一臉的怒氣，暫且裝作不知。賈璉飯沒吃完，旺兒來說：「外頭請爺呢，賴大回來了。」

賈璉道：「芹兒來了沒有？」

旺兒道：「也來了。」

賈璉便道：「你去告訴賴大，說老爺上班兒去了。把這些個女孩子暫且收在園裡，明日等老爺回來送進宮去。只叫芹兒在內書房等著我。」旺兒去了。

……賈芹走進書房，只見那些下人指指點點，不知說什麼。看起這個樣兒來，不像宮裡要人。想著問人，又問不出來。正在心裡疑惑，只見賈璉走出來。賈芹便請了安，垂手侍立，說道：「不知道娘娘宮裡即刻傳那些孩子們做什麼，叫姪兒好趕。幸喜姪兒今兒送月錢去還沒有走，便同著賴大來了。二叔想來是知道的。」

賈璉道：「我知道什麼！你才是明白的呢。」賈芹摸不著頭腦兒，也不敢再問。

賈璉道：「你幹的好事，把老爺都氣壞了。」

賈芹道：「姪兒沒有幹什麼。庵裡月錢是月月給的，孩子們經懺是不忘記的。」賈璉見他不知，又是平素常在一處頑笑的，便嘆口氣道：「打嘴的東西，你各自去瞧瞧罷！」便從靴掖[16]兒裡頭拿出那個揭帖[17]來，扔與他瞧。

……賈芹拾來一看，嚇的面如土色，說道：「這是誰幹的！我並沒得罪人，為什麼這麼坑我！我一月送錢去，只走一趟，並沒有這些事。若是老爺回來打著問我，姪兒便死了。我母親知道，更要打死。」

說著，見沒人在旁邊，便跪下去說道：「好叔叔，救我一救兒

16. **靴掖**——綢製或皮製的可以折疊的夾子。用以裝名帖、文件、錢票等物。因可塞藏在靴筒內，故稱「靴頁」。有時亦置於懷中。

17. **揭帖**——舊時稱張貼的啟事、公告。

罷！」說著，只管磕頭，滿眼淚流。

……賈璉想道：「老爺最惱這些，要是問準了有這些事，這場氣也不小。鬧出去也不好聽，又長那個貼帖兒的人的志氣了。將來咱們的事多著呢。倒不如趁著老爺上班兒，和賴大商量著，若混過去，就可以沒事了。現在沒有對證。」想定主意，便說：「你別瞞我，你幹的鬼鬼祟祟的事，你打諒我都不知道呢。若要完事，就是老爺打著問你，你一口咬定沒有才好。沒臉的，起去罷！」叫人去喚賴大。

……不多時，賴大來了。賈璉便與他商量。賴大說：「這芹大爺本來鬧的不像了。奴才今兒到庵裡的時候，他們正在那裡喝酒呢。帖兒上的話是一定有的。」

賈璉道：「芹兒你聽，賴大還賴你不成。」

賈芹此時紅漲了臉，一句也不敢言語。還是賈璉拉著賴大，央他：「護庇護庇罷，只說芹哥兒在家裡找來的。你帶了他去，只說沒有見我。明日你求老爺也不用問那些女孩子了，竟是叫了媒人來，領了去一賣完事。果然娘娘再要的時候兒咱們再買。」

賴大想來，鬧也無益，且名聲不好，就應了。賈璉叫賈芹：「跟了賴大爺去罷，聽著他教你。你就跟著他。」說罷，賈芹又磕了一個頭，跟著賴大出去。到了沒人的地方兒，又給賴大磕頭。

賴大說：「我的小爺，你太鬧的不像了。不知得罪了誰，鬧出這個亂兒。你想想誰和你不對罷。」

……賈芹想了一想，忽然想起一個人來。未知是誰，下回分解。

◎第九四回◎

宴海棠賈母賞花妖
失寶玉通靈知奇禍

…話說賴大帶了賈芹出來，一宿無話，靜候賈政回來。單是那些女尼、女道重進園來，都喜歡的了不得，欲要到各處逛逛，明日預備進宮。

不料賴大便吩咐了看園的婆子並小廝看守，惟給了些飯食，卻是一步不准走開。那些女孩子摸不著頭腦，只得坐著，等到天亮。園裡各處的丫頭雖都知道拉進女尼們來，預備宮裡使喚，卻也不能深知原委。

…到了明日早起，賈政正要下班，因堂上發下兩省城工估銷冊子，立刻要查核，一時不能回家，便叫人回來告訴賈璉，說：「賴大回來，你務必查問明白。該如何辦就如何辦了，不必等我。」

賈璉奉命，先替芹兒喜歡，又想道：「若是辦得一點影兒都沒有，又恐賈政生疑，「不如回明二太太，討個主意辦去，便是不合老爺的，我也不至甚擔干係。」

主意定了，進內去見王夫人，陳說：「昨日老爺見了揭帖生氣，把芹兒和女尼女道等都叫進府來查辦。今日老爺沒空問這件不成體統的事，叫我來回太太，該怎麼便怎麼樣。我所以來請示太太，這件事如何辦理？」

……王夫人聽了詫異道：「這是怎麼說！若是芹兒這麼樣起來，這還成咱們家的人了麼？但只這個貼帖兒的也可惡，這些話可是混嚼說得的麼？你到底問了芹兒有這件事沒有呢？」

賈璉道：「剛才也問過了。太太想，別說他沒幹了，就是幹了，一個人幹了混帳事也肯應承麼？但只我想，芹兒也不敢行此事：知道那些女孩子都是娘娘一時要叫的，倘或鬧出事來，怎麼樣呢？依姪兒的主見，要問也不難，若問出來，太太怎麼個辦法呢？」

王夫人道：「如今那些女孩子在那裡？」

賈璉道：「都在園裡鎖著呢。」

王夫人道：「姑娘們知道不知道？」

賈璉道：「大約姑娘們也都知道是預備宮裡頭的話，外頭並沒提起別的來。」

…王夫人道：「很是。這些東西一刻也是留不得的。頭裡我原要打發她們去來著，都是你們說留著好，如今不是弄出事來了麼？

「你竟叫賴大把那些女子帶去，細細的問她本家有人沒有，將文書查出，花上幾十兩銀子，僱隻船，派個妥當人，送到本地，一概連文書發還了，也落得無事。

「若是為著一兩個不好，個個都押著她們還俗，那又太造孽了。若在這裡發給官媒[1]，雖然我們不要身價，她們弄去賣錢，那裡顧人的死活呢？

「芹兒呢，你便狠狠的說他一頓，除了祭祀喜慶，無事叫他不用到這裡來。看仔細碰在老爺氣頭兒上，那可就吃不了兜著走了。

「並說與帳房裡，把這一項錢糧檔子銷了。還打發個人到水月庵，說老爺的諭：除了上墳燒紙，要有本家老爺們到她那裡去，不許接待。若再有一點不好風聲，連老姑子一並攆出去。」

……賈璉一一答應了出去，將王夫人的話告訴賴大，說：「是太

1. **官媒**—亦稱「官媒婆」。舊時官府批准以做媒為業的婦女，亦從事販賣婦女等活動。

太的主意，叫你這麼辦。辦完了，告訴我去回太太。你快辦去罷。回來老爺來，你也按著太太的話回去。」

賴大聽說，便道：「我們太太真正是個佛心！這班東西著人送回去。既是太太好心，不得不挑個好人。芹哥兒竟交給二爺開發了罷。那貼帖兒的，奴才想法兒查出來，重重的收拾他才好！」

賈璉點頭說：「是了。」即刻將賈芹發落。賴大也趕著把女尼等領出，按著主意辦去了。

……晚上賈政回來，賈璉賴大回明賈政。賈政本是省事的人，聽了也便撂開手了。獨有那些無賴之徒，聽得賈府發出二十四個女孩子來，那個不想，究竟那些人能更回家不能，未知著落，亦難虛擬。

……※……※……※……

……且說紫鵑因黛玉漸好，園中無事，聽見女尼等預備宮內使喚，不知何事，便到賈母那邊打聽打聽。

恰遇著鴛鴦下來閒著，坐下來閒話兒，提起女尼的事，鴛鴦詫異道：「我並沒有聽見。回來問問二奶奶就知道了。」正說著，只見傅試家兩個女人過來請賈母的安，鴛鴦要陪了上去。那兩個女人因賈母正睡晌覺，就與鴛鴦說了一聲兒，回去了。

……紫鵑問：「這是誰家差來的？」

鴛鴦道：「好討人嫌！家裡有了一個女孩兒，長的好些兒，便獻寶的似的，常在老太太跟前誇她們姑娘，長得怎麼好，心地兒怎麼好，禮貌上又好，說話上又簡絕，做活計兒手兒又巧，會寫會算，尊長上頭最孝敬的，就是待下人也是極和平的，來了就編這麼一大套，常說給老太太聽。我聽著很煩。這幾個老婆子真討人嫌。

「我們老太太偏愛聽那些個話。老太太也罷了，還有寶玉，素常見了老婆子，便很厭煩的，偏見了她們家的老婆子就不厭煩，妳說奇不奇？前兒還來說：她們姑娘現有多少人家來求親，她們老爺總不肯應，心裡只要和咱們這樣人家作親才肯。一回誇獎，一回奉承，把老太太的心都說活了。」

……紫鵑聽了一呆，便假意道：「若太太喜歡，為什麼不就給寶玉定了呢？」鴛鴦正要說出原故，聽見上頭說：「老太太醒了。」鴛鴦趕著上去，紫鵑只得起身出來。

回到園裡，一頭走，一頭想道：「天下莫非只有一個寶玉？妳也想他，我也想他！我們家的那一位，越發痴心起來了！看她的那個神情兒，是一定在寶玉身上的了：三番兩次的病，可不是為著這個是什麼？

「這家裡金的銀的還鬧不清，若添上一個什麼傅姑娘，更了不得了！我看寶玉的心也在我們那一位的身上，聽著鴛鴦的話，竟是見一個愛一個的！這不是我們姑娘白操了心了嗎？」

……紫鵑本是想著黛玉，往下一想，連自己也不得主意，不免掉下淚來。要想叫黛玉不用瞎操心呢，又恐怕她煩惱；要是看著她這樣，又可憐見兒的。

左思右想，一時煩躁起來，自己啐自己道：「妳替人耽什麼憂！就是林姑娘真配了寶玉，她的那性情兒也是難服侍的。寶玉性情雖好，又是貪多嚼不爛的。我倒勸人不必瞎操心，我自己才是瞎操心呢！從今以後，我盡我的心服侍姑娘，其餘的事全不管！」這麼一想，心裡倒覺清淨。

……回到瀟湘館來，見黛玉獨自一人，坐上炕上理從前做過的詩文詞稿，抬頭見紫鵑進來，便問：「妳到那裡去了？」

紫鵑道：「今日瞧了瞧姊妹們去。」

黛玉道：「敢是找襲人姐姐去麼？」

紫鵑道：「我找她做什麼？」

黛玉一想這話，怎麼順嘴說出來了呢？反覺不好意思，便啐道：「妳找誰，與我什麼相干！倒茶去罷。」

……紫鵑也心裡暗笑，出來倒茶。只聽園裡一疊聲亂嚷，不知何故。一面倒茶，一面叫人去打聽。回來說道：「怡紅院裡的海棠本來萎了幾棵，也沒人去澆灌他。昨日寶玉走去瞧，見枝頭上好像有了骨朵[2]兒似的。人都不信，沒有理他。

2.骨朵——指花蕾。

「忽然今日開得很好的海棠花，眾人詫異，都爭著去看，連老太太、太太都哄動了，來瞧花兒呢。所以大奶奶叫人收拾園裡敗葉枯枝，這些人在那裡傳喚。」

黛玉也聽見了，知道老太太來，便更了衣，叫雪雁去打聽：「若是老太太來了，即來告訴我。」

雪雁去不多時，便跑來說：「老太太、太太好些人都來了，請姑娘就去罷。」黛玉略自照了一照鏡子，掠了一掠鬢髮，便扶著紫鵑，到怡紅院來，已見老太太坐在寶玉常臥的榻上。

黛玉便說道：「請老太太安。」退後便見了邢、王二夫人，回來與李紈、探春、惜春、邢岫煙彼此問了好。

只見鳳姐因病未來；史湘雲因她叔叔調任回京，接了家去；薛寶琴跟她姐姐家去住了；李家姐妹因見園內多事，李嬸娘帶了在外居住：所以黛玉今日見的只有數人。

……大家說笑了一回，講究這花開得古怪。賈母道：「這花兒應在三月裡開的，如今雖是十一月，因節氣遲，還算十月，應著小陽春的天氣，因為和暖，開花也是有的。」

王夫人道：「老太太見的多，說得是，也不為奇。」

邢夫人道：「我聽見這花已經萎了一年，怎麼這回不應時候兒開了？必有個原故。」

李紈笑道：「老太太和太太說的都是。據我的糊塗想頭，必是寶玉有喜事來了，此花先來報信。」

探春雖不言語，心裡想道：「必非好兆。大凡順者昌，逆者亡；草木知運，不時而發，必是妖孽。」只不好說出來。

……獨有黛玉聽說是喜事，心裡觸動，便高興說道：「當初田家有荊樹一棵，弟兄三個因分了家，那荊樹便枯了；後來感動了他弟兄們，仍歸在一處，那荊樹也就榮了。可知草木也隨人的。

「如今二哥哥認真念書，舅舅喜歡，那棵樹也就發了。」

賈母、王夫人聽了喜歡，便說：「林姑娘比方得有理，很有意思。」正說著，賈赦、賈政、賈環、賈蘭都進來看花。

賈赦便說：「據我的主意，把他砍去。必是花妖作怪。」

賈政道：「見怪不怪，其怪自敗。不用砍它，隨它去就是了。」

賈母聽見，便說：「誰在這裡混說？人家有喜事好處，什麼怪不怪的！若有好事，你們享去；若是不好，我一個人當去。你們不許混說！」

賈政聽了，不敢言語，赸赸[3]的同賈赦等走了出來。

…那賈母高興，叫人傳話到廚房裡，快快預備酒席，大家賞花。叫：「寶玉、環兒、蘭兒各人做一首詩誌喜。林姑娘的

3. 赸赸（音訕）——尷尬、難為情的樣子。

病才好，不要她費心；若高興，給你們改改。」對著李紈道：「妳們都陪我喝酒。」李紈答應了「是」，便笑對探春笑道：「都是妳鬧的。」探春道：「饒不叫我們做詩，怎麼我們鬧的？」李紈道：「海棠社不是妳起的麼？如今那棵海棠也要來入社了。」大家聽著，都笑了。

……一時擺上酒菜，一面喝著。彼此都要討老太太的喜歡，大家說些興頭話。寶玉上來斟了酒，便立成四句詩，寫出來念與賈母聽道：

海棠何事忽摧隤[4]，今日繁花為底開？
應是北堂[5]增壽考，一陽旋復占先梅。

賈環也寫了來，念道：

4.摧隤（音崔頹）——摧折，衰敗。

5.北堂——古指士大夫家主婦居室，後以代稱母親。

草木逢春當茁芽，海棠未發候偏差。
人間奇事知多少，冬月開花獨我家。

賈蘭恭楷謄正，呈與賈母。賈母命李紈念道：

煙凝媚色春前萎，霜浥微紅雪後開。
莫道此花知識淺，欣榮預佐合歡盃。

賈母聽畢，便說：「我不大懂詩，聽去倒是蘭兒的好，環兒做的不好。都上來吃飯罷。」

……寶玉看見賈母喜歡，更是興頭，因想起：「晴雯死的那年，海棠死的；今日海棠復榮，我們院內這些人，自然都好，但是晴雯不能像花的死而復生了。」頓覺轉喜為悲。忽又想起前日巧姐提鳳姐要把五兒補入，「或此花為她而開，也未可知。」卻又轉悲為喜，依舊說笑。

……賈母還坐了半天，然後扶了珍珠回去了，王夫人等跟著過來。只見平兒笑嘻嘻的迎上來，說：「我們奶奶知道老太太在這裡賞花，自己不得來，叫奴才來服侍老太太、太太們。還有兩匹紅送給寶二爺包裹這花，當作賀禮。」襲人過來接了，呈與賈母看。

賈母笑道：「偏是鳳丫頭行出點事兒來，叫人看著又體面，又新鮮，很有趣兒。」

襲人笑著向平兒道：「回來替寶二爺給二奶奶道謝：要有喜，大家喜！」

賈母聽了，笑道：「噯喲！我還忘了呢！鳳丫頭雖病著，還是她想的到，送的也巧！」一面說著，眾人就隨著去了。

…平兒私與襲人道：「奶奶說，這花兒開的怪，叫妳鉸塊紅綢子掛掛，就應在喜事上去了。以後也不必只管當作奇事混說。」襲人點頭答應，送了平兒出去。不提。

……※……※……※……

…且說那日，寶玉本來穿著一裹圓的皮襖在家歇息，因見花開，只管出來看一回、賞一回、嘆一回、愛一回，心中無數悲喜離合，都弄到這株花上去了。忽然聽說賈母要來，便去換了一件狐腋箭袖，罩一件元狐腿外褂，出來迎接賈母。匆匆穿換，未將通靈寶玉掛上，及至後來賈母去了，仍舊換衣。

…襲人見寶玉脖子上沒有掛著，便問：「那塊玉呢？」寶玉道：「剛才忙亂換衣，摘下來放在桌上，我沒有帶。」

襲人回看桌上並沒有玉，便向各處找尋，蹤影全無，嚇得襲人滿身冷汗。

寶玉道：「不用著急，少不得在屋裡的。問她們就知道了。」

……襲人當作麝月等藏起嚇她玩，便向麝月等笑著說道：「小蹄子們，頑呢到底有個頑法。把這件東西藏在那裡了？別真弄丟了，那可就大家活不成了！」

麝月等都正色道：「這是那裡的話？頑是頑，笑是笑，這個事非同兒戲，妳可別混說！妳自己昏了心了，想想罷，想想擱在那裡了？這會子又混賴人了！」

……襲人見她這般光景，不像是頑話，便著急道：「皇天菩薩！小祖宗！你到底擱在那裡了？」

寶玉道：「我記得明明兒放在炕桌，妳們到底找啊。」

襲人、麝月等也不敢叫人知道，大家偷偷兒的各處搜尋。鬧了大半天，毫無影響，甚至翻箱倒籠，實在沒處去找，便疑到方才這些人進來，不知誰撿了去了。

襲人說道：「進來的，誰不知道這玉是性命似的東西呢？誰敢撿了去呢？妳們好歹先別聲張，快到各處問去。若有姊妹們撿著嚇我們頑呢，妳們給她磕個頭，要了來；要是小丫頭們偷了去，問出來，也不回上頭，不論做些什麼送她換了來，都使得的。這可不是小事！真要丟了這個，比丟了寶二爺的還利害呢！」

麝月、秋紋剛要往外走，襲人又趕出來囑咐道：「頭裡在這裡吃飯的倒別先問去。找不成，再惹出些風波來，更不好了。」

麝月等依言分頭各處追問。人人不曉，個個驚疑。

麝月等回來，俱目瞪口呆，面面相窺，寶玉也嚇怔了，襲人急的只是乾哭。找是沒處找，回又不敢回：怡紅院裡的人嚇得個個像木雕泥塑一般。

……大家正在發呆，只見各處知道的都來了。探春叫把園門關上，先叫個老婆子帶著兩個丫頭，再往各處去尋去；一面又叫告訴眾人：「若誰找出來，重重的賞銀。」大家頭宗要脫干係，二宗聽見重賞，不顧命的混找了一遍，甚至於茅廁裡都找到了。誰知那塊玉竟像繡花針兒一般，找了一天，總無影響。

……李紈急了，說道：「這件事不是頑的，我要說句無禮的話了。」

眾人道：「什麼話？」

李紈道：「事情到了這裡，也顧不得了。現在園裡，除了寶玉都是女人。要求各位姐姐、妹妹、姑娘都要叫跟來的丫頭脫了衣服，大家搜一搜。若沒有，再叫丫頭們去搜那些老婆子並粗使的丫頭。」

大家說道：「這話也說得有理。現在人多手亂，魚龍混雜，倒是這麼一來，妳們也洗洗清。」探春獨不言語。那些丫頭們也都願意洗淨自己。先是平兒起。

平兒說道：「打我先搜起。」於是各人自己解懷。李紈一氣兒混搜。

……探春嗔著李紈道：「大嫂子，妳也學那起不成材料的樣子來了！那個人既偷了去還肯藏在身上？況且這件東西，在家裡是寶，到了外頭不知道的是廢物，偷他做什麼？我想來必是有人使促狹。」

眾人聽說，又見環兒不在這裡，昨兒是他滿屋裡亂跑，都疑他身上，只是不肯說出來。探春又道：「使促狹的只有環兒。

妳們叫個人去悄悄的叫了他來，背地裡哄著他，叫他拿出來，然後嚇著他，叫他別聲張，就完了。」大家點頭稱是。

⋯李紈便向平兒道：「這件事還得妳去才弄得明白。」平兒答應，就趕著去了。不多時，同著賈環來了。眾人假意裝出沒事的樣子，叫人沏了碗茶，擱在裡間屋裡。眾人故意搭訕走開。

⋯原叫平兒哄他，平兒便笑向賈環道：「你二哥哥的玉丟了，你瞧見了沒有？」

賈環便急得紫漲了臉，瞪著眼，說道：「人家丟了東西，妳怎麼又叫我來查問，疑我？我是犯過案的賊麼？」

平兒見這樣子，倒不敢再問，便又陪笑道：「不是這麼說。怕三爺要拿了去嚇他們，所以白問問瞧見沒有，好叫他們找。」

賈環道：「他的玉在他身上，看見沒看見該問他，怎麼問我？捧著他的人多著咧！得了什麼不問我，丟了東西，就來問我！」說著，起身就走。眾人不好攔他。

…這裡寶玉倒急了，說道：「都是這勞什子鬧事！我也不要他了，妳們也不用鬧了。環兒一去，必定嚷的滿院裡都知道了，可不是鬧事了麼？」

襲人等急得又哭道：「小祖宗兒，你看這玉丟了沒要緊；要是上頭知道了，我們這些人就要粉身碎骨了！」說著，便嚎啕大哭起來。

…眾人更加著急，明知此事掩飾不來，只得要商議定了話，回來好回賈母諸人。

寶玉道：「妳們竟也不用商量，硬說我砸的就完了。」

平兒道：「我的爺，好輕巧話兒！上頭要問為什麼砸的呢？她們也是個死啊！倘或要起砸破的碴兒來，那又怎麼樣呢？」

寶玉道：「不然，就說我出門丟了。」

眾人一想：「這句話倒還混的過去，但只這兩天又沒上學，又沒往別處去。」

寶玉道：「怎麼沒有？大前天還到南王府裡聽戲去了呢。便說那日丟的。」

探春道：「那也不妥。既是前日丟的，為什麼當日不來回？」

眾人正在胡思亂想，要裝點撒謊，只聽見趙姨娘的聲兒，哭著喊著走來，說：「妳們丟了東西，自己不找，怎麼叫人背地裡拷問環兒？我把環兒帶了來，索性交給妳們這一起洑上水的。該殺該剮，隨妳們罷！」

說著，將環兒一推，說：「你是個賊，快快的招罷！」氣得環兒也哭喊起來。

……李紈正要勸解，丫頭來說：「太太來了。」襲人等此時無地可容。寶玉等趕忙出來迎接。趙姨娘暫且也不敢作聲，跟了出來。王夫人見眾人都有驚惶之色，才信方才聽見的話，便道：「那塊玉真丟了麼？」眾人都不敢作聲。

王夫人走進屋裡坐下，便叫襲人，慌的襲人連忙跪下，含淚要稟。王夫人道：「妳起來，快快叫人細細的找去，一忙亂倒不好了。」襲人哽咽難言。

……寶玉恐襲人直告訴出來，便說道：「太太，這事不與襲人相干，是我前日到南安王府那裡聽戲，在路上丟了。」

王夫人道：「為什麼那日不找？」寶玉道：「我怕她們知道，沒有告訴她們。我叫焙茗等在外頭各處找過的。」

王夫人道：「胡說！如今脫換衣服，不是襲人她們服侍的麼？大凡哥兒出門回來，手巾荷包短了，還要查個明白，何況這塊玉不見了，便不問的麼？」寶玉無言可答。

……趙姨娘聽見，便得意了，忙接口道：「外頭丟了東西，也賴環兒！」話未說完，被王夫人喝道：「這裡說這個，妳且說那些沒要緊的話！」趙姨娘便也不敢言語了。還是李紈、探春從實的告訴了王夫人一遍。王夫人也急得淚如雨下，索性要回明賈母，去問邢夫人那邊跟來的這些人去。

……鳳姐病中也聽見寶玉失玉，知道王夫人過來，料躲不住，便扶了豐兒來到園裡。正值王夫人起身要走，鳳姐嬌怯怯的說：「請太太安。」寶玉等過來問了鳳姐好。

王夫人因說道：「妳也聽見了麼？這可不是奇事嗎？剛才眼錯不見就丟了，再找不著。妳去想想：打老太太那邊的丫頭起，至妳們平兒，誰的手不穩，誰的手促狹；我要回了老太太，認真的查出來才好。不然，是斷了寶玉的命根子了！」

鳳姐回道：「咱們家人多手雜，自古說的，『知人知面不知心』，那裡保得住誰是好的？但只一吵嚷，已經都知道了，偷玉的人，要叫太太查出來，明知是死無葬身之地，他著了急，反要毀壞了滅口，那時可怎麼處呢？

「據我的糊塗想頭，只說寶玉本不愛它，撂丟了，也沒有什麼要緊，只要大家嚴密些，別叫老太太老爺知道；這麼說了，暗暗的派人去各處察訪，哄騙出來，那時玉也可得，罪名也可定：不知太太心裡怎麼樣？」

……王夫人遲了半日，才說道：「妳這話雖也有理，但只是老爺跟前怎麼瞞的過呢？」便叫環兒來說道：「你二哥哥的玉丟了，白問了你一句，怎麼你就亂嚷？要是嚷破了，人家把那個毀壞了，我看你活得活不得！」

賈環嚇得哭道：「我再不敢嚷了！」趙姨娘聽了，那裡還敢言語？

王夫人更吩咐眾人道：「想來自然有沒找到的地方兒。好端端的在家裡的，還怕飛到那裡去不成？只是不許聲張。限襲人三天內給我找出來。要是三天找不著，只怕也瞞不住，大家那就不用過安靜日子了！」說著，便叫鳳姐跟到邢夫人那邊，商議踩緝[6]，不提。

……這裡李紈等紛紛議論，便傳喚看園子的一干人，叫把園門鎖上，快傳林之孝家的來，悄悄兒的告訴了她，叫她：「吩咐前後門上，三天之內，不論男女下人，從裡頭可以走動，要出去時，一概不許放出。只說裡頭丟了東西，等這件東西有了著落，然後放人出來。」

6. **踩緝**——指追踪盜匪或追查案件。

…林之孝家的答應了「是」，因說：「前兒奴才家裡也丟了一件不要緊的東西，林之孝必要明白，上街去找了一個測字的。那人叫做什麼劉鐵嘴，測了一個字，說的很明白，回來按著一找，就找著了。」

襲人聽見，便央及林家的道：「好林奶奶！出去快求林大爺替我們問問去！」那林之孝家的答應著出去了。

…邢岫煙道：「若說外頭測字打卦的，是不中用的。我在南邊聞妙玉能扶乩，何不煩她問一問？況且我聽見說，這塊玉原有仙機，想來問的出來。」

眾人都詫異道：「咱們常見的，從沒有聽她說起。」

麝月便忙問岫煙道：「想來，求她是不肯的，好姑娘，我給姑娘磕個頭，求姑娘就去！若問出來了，我一輩子總不忘妳的恩！」說著，趕忙就要磕下頭去，岫煙連忙攔住。黛玉等也都慫恿著岫煙速往櫳翠庵去。

……一面林之孝家的進來說道：「姑娘們大喜，林之孝測了字回來，說這玉是丟不了的，將來橫豎有人送還的。」眾人聽了，也都半信半疑。惟有襲人麝月喜歡的了不得。

探春便問：「測的是什麼字？」

林家的道：「他的話多，奴才也學不上來。記得拈了個賞人的『賞』字。那劉鐵嘴也不問，便說：『丟了東西不是？』」

李紈道：「這就算好。」

……林之孝家的道：「他還說『「賞」字上頭一個「小」字，底下一個「口」字，這件東西，很可嘴裡放得，必是珠子寶石，底下「貝」字拆開，不成一個「見」字，可不是「不見」了？』因上頭拆了『當』字，叫到當鋪裡找去。『「賞」字加一「人」

字，可不是「償」字？只要找著當鋪，就有人，有了人，便贖了來。可不是償還了麼？」

眾人道：「既如此，就先往左近找起。橫豎幾個當鋪都找遍了，少不得就有了，有了東西，再問人就容易了。」

李紈道：「只要東西，那怕不問人都使得。林嫂子，妳去就把測字的話快告訴了二奶奶，回了太太，先叫太太放心。就叫二奶奶快派人查去。」林家的答應了便走。

……眾人略安了一點兒神，呆呆的等岫煙回來。正呆等時，只見跟寶玉的焙茗在門外招手兒，叫小丫頭子快出來。那小丫頭趕忙的出去了。

焙茗便說道：「你快進去告訴我們二爺和裡頭太太、奶奶、姑娘們，天大的喜事！」

那小丫頭子道：「你快說罷！怎麼這麼累贅？」

焙茗笑著拍手道：「我告訴姑娘，姑娘進去回了，咱們兩個人都得賞錢呢！你打量是什麼事情？寶二爺的那塊玉呀，我得了準信來了。」

…未知如何，下回分解。

◎第九五回◎

因訛成實元妃薨逝
以假混真寶玉瘋癲

…話說焙茗在門口和小丫頭說寶玉的玉有了，那小丫頭急忙回來告訴寶玉。眾人聽了，都推著寶玉出去問他。眾人在廊下聽著。

寶玉也覺放心，便走到門口，問道：「你那裡得了？快拿來。」焙茗道：「拿是拿不來的，還得托人做保去呢。」

寶玉道：「你快說是怎麼得的，我好叫人取去。」

焙茗道：「我在外頭，知道林爺爺去測字，我就跟了去。我聽見說在當鋪裡找，我沒等他說完，便跑到幾個當鋪裡去。我比給他們瞧，有一家便說『有』。我說：『給我罷。』那鋪子裡要票子。

我說：『當多少錢？』他說：『三百錢的也有，五百錢的也有。前兒有一個人拿這麼一塊玉，當了三百錢去；今兒又有人也拿一塊玉，當了五百錢去。』」

寶玉不等說完，便道：「你快拿三百五百錢去取了來，我們挑著看是不是。」裡頭襲人便啐道：「二爺不用理他！我小時候兒聽見我哥哥常說，有些人賣那些小玉兒，沒錢用，便去當。想來是家家當舖裡有的。」

眾人正在聽得詫異，被襲人一說，想了一想，倒大家笑起來，說：「快叫二爺進來罷，不用理那糊塗東西了。他說的那些玉，想來不是正經東西。」

……寶玉正笑著，只見岫煙來了原來岫煙走到櫳翠庵，見了妙玉，不及閒話，便求妙玉扶乩。妙玉冷笑幾聲，說道：「我與姑娘來往，為的是姑娘不是勢利場中的人。今日怎麼聽了那裡的謠言，過來纏我？況且我並不曉得什麼叫扶乩。」說著，將要不理。

岫煙懊悔此來，知她脾氣是這麼著的，「一時我已說出，不好白回去。」又不好與她質證她會扶乩的話，只得陪著笑將襲人等性命關係的話說了一遍。見妙玉略有活動，便起身拜了幾拜。

……妙玉嘆道：「何必為人作嫁？但是我進京以來，素無人知，今日妳來破例，恐將來纏繞不休。」

岫煙道：「我也一時不忍。知妳必是慈悲的。便是將來他人求你，願不願在妳，誰敢相強？」

妙玉笑了一笑，叫道婆焚香，在箱子裡找出沙盤乩架，書了符，命岫煙行禮祝告畢，起來同妙玉扶著乩。不多時，只見那仙乩疾書道：

噫！來無跡，去無蹤，青埂峰下倚古松。
欲追尋，山萬重，入我門來一笑逢。

書畢，停了乩。岫煙便問：「請的是何仙？」妙玉道：「請的是拐仙[1]。」岫煙錄了出來，請教妙玉解識。妙玉道：「這個可不能，連我也不懂。妳快拿去，他們的聰明人多著哩。」

……岫煙只得回來。進入院中，各人都問：「怎麼樣了？」岫煙不及細說，便將所錄乩語遞與李紈。眾姊妹及寶玉爭看，都解的是：「一時要找是找不著的，然而丟是丟不了的，不知幾時不找便出來了。但是青埂峰不知在那裡？」李紈道：「這是仙機隱語。咱們家裡那裡跑出青埂峰來？必是誰怕查出，撂在有松樹的山子石底下，也未可定。獨是『入

1. 拐仙─傳說中八仙之一鐵拐李的別稱。

我門來』這句到底是入誰的門呢?」

黛玉道:「不知請的是誰?」岫煙道:「拐仙。」

探春道:「若是仙家的門,便難入了。」

……襲人心裡著忙,便捕風捉影的混找,沒一塊石底下不找到,只是沒有。回到院中,寶玉也不問有無,只管傻笑。

麝月著急道:「小祖宗!你到底是那裡丟的?說明了,我們就是受罪,也在明處啊!」

寶玉笑道:「我說外頭丟的,妳們又不依。妳如今問我,我知道麼?」

李紈、探春道:「今兒從早起鬧起,已到三更來的天了。你瞧林妹妹已經掌不住,各自去了。我們也該歇歇兒了,明兒再鬧罷。」說著,大家散去。寶玉即便睡下。可憐襲人等哭一回,想一回,一夜無眠,暫且不提。

……且說黛玉先自回去，想起金石的舊話來，反自喜歡；心裡也道：「和尚道士的話真個信不得。果真金、玉有緣，寶玉如何能把這玉丟了呢？或者因我之事，拆散他們的金玉，也未可知。」想了半天，更覺安心，把這一天的勞乏，竟不理會，重新倒看起書來。

紫鵑倒覺身倦，連催黛玉睡下。

黛玉雖躺下，又想到海棠花上，說：「這塊玉原是胎裡帶來的，非比尋常之物，來去自有關係。若是這花主好事呢，不該失了這玉呀。看來此花開的不祥，莫非他有不吉之事？」不覺又傷起心來。又轉想到喜事上頭，此花又似應開，此玉又似應失：如此一悲一喜，直想到五更方睡著。

……次日，王夫人等早派人到當舖裡去查問，鳳姐暗中設法找尋。一連鬧了幾天，總無下落。還喜賈母、賈政未知。襲人等每日提心吊膽。寶玉也好幾天不好上學，只是怔怔的，不言不語，沒心沒緒的。王夫人只知他因失玉而起，也不大著意。

……那日正在納悶，忽見賈璉進來請安，嘻嘻的笑道：「今日聽得雨村打發人來告訴二老爺，說舅太爺陞了內閣大學士，奉旨來京，已定於明年正月二十日宣麻[2]，有三百里的文書去了。想舅太爺晝夜趲行[3]，半個多月就要到了。姪兒特來回太太知道。」

王夫人聽說，便欣喜非常。正想娘家人少，薛姨媽家又衰敗了；兄弟又在外任，照應不著。今日忽聽兄弟拜相回京，王家榮耀，將來寶玉都有依靠。便把失玉的心又略放開些了，天天只望兄弟來京。

2.宣麻——唐、宋拜相命將，用黃白麻紙寫詔書公布於朝，稱為宣麻，又曰降麻。以後就成為詔拜將相的代稱。

3.趲行——趕路，快行。

……忽一天，賈政進來，滿臉淚痕，喘吁吁的說道：「妳快去稟知老太太，即刻進宮！不用多人的，是妳服侍進去。因娘娘忽得暴疾，現在太監在外立等。他說太醫院已經奏明痰厥[4]，不能醫治。」王夫人聽說，便大哭起來。

賈政道：「這不是哭的時候，快快去請老太太。說得寬緩些，不要嚇壞了老人家。」賈政說著，出來吩咐家人伺候。

……王夫人收了淚，去請賈母，只說元妃有病，進去請安。

賈母念佛道：「怎麼又病了？前番嚇的我了不得，後來又打聽錯了。這回情願再錯了也罷！」王夫人一面回答，一面催鴛鴦等開箱取衣飾穿戴起來。王夫人趕著回到自己房中，也穿戴好了，過來伺候。一時出廳，上轎進宮不提。

……且說元春自選了鳳藻宮後，聖眷隆重，身體發福，未免舉動

4. 痰厥——中醫術語。指痰氣壅塞，驟然昏倒的症狀。

費力。每日起居勞乏，時發痰疾。因前日侍宴回宮，偶沾寒氣，勾起舊病。

不料此回甚屬利害，竟至痰氣壅塞，四肢厥冷。一面奏明，即召太醫治調。豈知湯藥不進，連用通關之劑，並不見效。內官憂慮，奏請預辦後事，所以傳旨命賈氏椒房進見。

……賈母王夫人遵旨進宮，見元妃痰塞口涎，不能言語。見了賈母，只有悲泣之狀，卻沒眼淚。賈母進前請安，奏些寬慰的話。少時賈政等職名遞進，宮嬪傳奏，元妃目不能顧，漸漸臉色改變。

內官太監即要奏聞，恐派各妃看視，椒房姻戚未便久羈，請在外宮伺候。賈母王夫人怎忍便離，無奈國家制度，只得下來，又不敢啼哭，惟有心內悲感。

⋯朝門內官員有信。不多時，只見太監出來，立傳欽天監。賈母便知不好，尚未敢動。稍刻，小太監傳諭出來，說：「賈娘娘薨逝。」是年甲寅年十二月十八日立春；元妃薨日是十二月十九日，已交卯年寅月，存年四十三歲。

賈母含悲起身，只得出宮上轎回家。賈政等亦已得信，一路悲戚。到家中，邢夫人、李紈、鳳姐、寶玉等出廳，分東西迎著賈母，請了安，並賈政王夫人請安，大家哭泣。不提。

⋯次日早起，凡有品級的，按貴妃喪禮進內請安哭臨。賈政又是工部，雖按照儀注辦理，未免堂上又要周旋，同事又要請教他，所以兩頭更忙，非比從前太后與周妃的喪事了。但元妃並無所出，惟謚曰賢淑貴妃。此是王家制度，不必多贅。

⋯只講賈府中男女，天天進宮，忙的了不得。幸喜鳳姐近日身子好些，還得出來照應家事，又要預備王子騰進京，接風賀喜。

鳳姐胞兄王仁，知道叔叔入了內閣，仍帶家眷來京。鳳姐心裡歡喜，便有些心病，有這些娘家的人，也便撂開，所以身子倒覺比先好了些。王夫人看見鳳姐照舊辦事，又把擔子卸了一半；又眼見兄弟來京，諸事放心，倒覺安靜些。

……獨有寶玉原是無職之人，又不念書，代儒學裡知他家裡有事，也不來管他；賈政正忙，自然沒有空兒查他；想來寶玉趁此機會竟可與姊妹們天天暢樂。不料他自失了玉後，終日懶怠走動，說話也糊塗了。

並賈母等出門回來，有人叫他去請安，便去；沒人叫他，他也不動。襲人等懷著鬼胎，又不敢去招惹他，恐他生氣。每天茶飯，端到面前便吃，不來也不要。

……襲人看這光景，不像是有氣，竟像是有病的。襲人偷著空兒到瀟湘館告訴紫鵑，說是：「二爺這麼著，求姑娘給他開導開導。」紫鵑雖即告訴黛玉，只因黛玉想著親事上頭，一定是自己了，如今見了他，反覺不好意思：「若是他來呢，原是小時在一處的，也難不理他；若說我去找他，斷斷使不得。」所以黛玉不肯過來。

……襲人又背地裡去告訴探春。那知探春心裡明白知道海棠開得異怪，「寶玉」失得更奇，接連著元妃姐姐薨逝，諒家道不祥，日日愁悶，那有心腸去勸寶玉？況兄妹們男女有別，只好過來一兩次，寶玉又終是懶懶的，所以也不大常來。

……寶釵也知失玉。因薛姨媽那日應了寶玉的親事，回去便告訴了寶釵。薛姨媽還說：「雖是妳姨媽說了，我還沒有應准，說等妳哥哥回來再定。妳願意不願意？」寶釵反正色的對母親道：「媽媽這話說錯了。女孩兒家的事情是父母作主的。如今我父親沒了，媽媽應該作主的；再不然，問哥哥，怎麼問起我來？」所以薛姨媽更愛惜她，說她雖是從小嬌養慣的，卻也生來的貞靜。因此，在她面前，反不提起寶玉了。寶釵自從聽此一說，把「寶玉」兩字自然更不提起了。如今雖然聽見失了玉，心裡也甚驚疑，倒不好問，只得聽旁人說去，竟像不與自己相干的。

……只有薛姨媽打發丫頭過來了幾次問信。因她自己的兒子薛蟠的事焦心，只等哥哥進京，便好為他出脫罪名；又知元妃已薨，雖然賈府忙亂，卻得鳳姐好了，出來理家；所以也不大過這邊來。這裡只苦了襲人，在寶玉跟前低聲下氣的服侍勸慰，寶玉竟是不懂。襲人只有暗暗的著急而已。

…過了幾日，元妃停靈寢廟[5]，賈母等送殯去了幾天。豈知寶玉一日呆似一日，也不發燒，也不疼痛，只是吃不像吃，睡不像睡，甚至說話都無頭緒。那襲人、麝月等一發慌了，回過鳳姐幾次。鳳姐不時過來。起先道是找不著玉生氣，如今看他失魂落魄的樣子，只有日日請醫調治。煎藥吃了好幾劑，只有添病的，沒有減病的。及至問他那裡不舒服，寶玉也說不出來。

5. 寢廟——古代宗廟的正殿稱廟，後殿稱寢，合稱寢廟。

…直至元妃事畢，賈母惦記寶玉，親自到園看視，王夫人也隨過來，襲人等叫寶玉接出去請安。寶玉雖說是病，每日原起來行動。今日叫他接賈母去，依然仍是請安，惟是襲人在旁扶著指教。

賈母見了，便道：「我的兒！我打諒你怎麼病著，故此過來瞧你。今你依舊的模樣兒，我心放了好些。」王夫人也自然是寬心的。但寶玉並不回答，只管嘻嘻的笑。

賈母等進屋坐下，問他的話，襲人教一句，他說一句，不似往常，直是一個傻子似的。

……賈母愈看愈疑，便說：「我才進來看時，不見有什麼病；如今細細一瞧，這病果然不輕，竟是神魂失散的樣子！到底因什麼起的呢？」

王夫人知事難瞞，又瞧瞧襲人怪可憐的樣子，只得便依著寶玉先前的話，將那往臨安伯府裡去聽戲時丟了這塊玉的話悄悄告訴了一遍，心裡也徬徨的很，生恐賈母著急。並說：「現在著人在四下裡找尋。求籤問卦，都說在當鋪裡找，少不得找著的。」

賈母聽了，急得站起來，眼淚直流，說道：「這件玉，如何是丟得的！妳們忒不懂事了！難道老爺也是撂開手的不成？」

王夫人知賈母生氣，叫襲人等跪下，自己斂容低首回說：「媳婦恐老太太、老爺生氣，都沒敢回。」

賈母咳道：「這是寶玉的命根子，因丟了，所以他這麼失魂喪魄的！還了得！這玉是滿城裡都知道的，誰撿了去，肯叫妳們找出來了麼？叫人快快請老爺，我與他說！」

那時嚇得王夫人、襲人等俱哀告道：「老太太這一生氣，回來老爺更了不得了。現在寶玉病著，交給我們儘命的找來就是了。」

賈母道：「妳們怕老爺生氣，有我呢！」便叫麝月傳人去請。不一時，傳話進來，說：「老爺謝客去了。」

賈母道：「不用他也使得。妳們便說我說的話，暫且也不用責罰下人。我便叫璉兒來，寫出賞格，懸在前日經過的地方，便說：『有人撿得送來者，情願送銀一萬兩；如有知人撿得，送信找得者，送銀五千兩。』如真有了，不可吝惜銀子。這麼一找，少不得就找出來了。若是靠著咱們家幾個人找，就找一輩子，也找不著的！」

王夫人也不敢直言。賈母傳話，告訴賈璉，叫他速辦去了。賈母便叫人：「將寶玉動用之物，都搬到我那裡去。只派襲人、秋紋跟過來，餘者仍留園內看屋子。」寶玉聽了，總不言語，只是傻笑。

賈母便攜了寶玉起身，襲人等攙扶出園，回到自己房中，叫王夫人坐下，看人收拾裡間屋內安置，便對王夫人道：「妳知道我的意思麼？我為的是園裡人少，怡紅院的花樹，忽萎忽開，有些奇怪。頭裡仗著那塊玉能除邪祟；如今玉丟了，只怕那邪氣易侵：所以我帶他過來一塊兒住著。這幾天也不用叫他出去。大夫來，就在這裡瞧。」

王夫人聽說，便接口道：「老太太想的自然是。如今寶玉同著老太太住了，老太太的福氣大，不論什麼都壓住了。」

賈母道：「什麼福氣！不過我屋裡乾淨些，經卷也多，都可以念念，定定心神。妳問寶玉好不好？」

……寶玉見問，只是笑。襲人叫他說好，寶玉也就說好。王夫人見了這般光景，未免落淚，在賈母這裡，不敢出聲。賈母知王夫人著急，便說道：「妳回去罷，這裡有我調停他。晚上老爺回來，告訴他不必來見我，不許言語就是了。」王夫人去後，賈母叫鴛鴦找些安神定魄的藥，按方吃了。不提。

……且說賈政當晚回家，在車內聽見道兒上人說道：「人要發財，也容易的很！」

那個問道：「怎麼見得？」

這個人又道：「今日聽見榮府裡丟了什麼哥兒的玉了，貼著招帖兒，上頭寫著玉的大小式樣顏色，說有人撿了送去，就給一萬兩銀子；送信的還給五千呢。」

賈政雖未聽得如此真切，心裡詫異，急忙趕回，便叫門上的人，問起那事來。門上的人稟道：「奴才頭裡也不知道；今兒晌午，璉二爺傳出老太太的話，叫人去貼帖兒，纔知道的。」

賈政便嘆氣道：「家道該衰！偏生養這麼一個孽障！才養他的時候，滿街的謠言，隔了十幾年，略好了些。這會子又大張曉諭的找玉，成何道理！」說著，忙走進裡頭去問王夫人。

王夫人便一五一十的告訴。

賈政知是老太太的主意，又不敢違拗，只抱怨王夫人幾句。又走出來，叫瞞著老太太，背地裡揭了這個帖兒下來。豈知早有那些遊手好閒的人揭了去了。

…過了些時，竟有人到榮府門上，口稱送玉來的。家人們聽見，喜歡的了不得，便說：「拿來，我給你回去。」那人便懷內掏出賞格來，指給門上的人瞧，說：「這不是你們府上的帖子？寫明送玉給銀一萬兩。二太爺，你們這會子瞧我窮，回來我得了銀子，就是財主了，別怎麼待理不理的！」門上人聽他的話硬，便說道：「你到底略給我瞧瞧，我好給你回。」那人初倒不肯，後來聽人說的有理，便掏出那玉，托在掌中一揚，說：「這是不是？」眾家人原是在外服役，只知有玉，也不常見；今日才看見這玉的模樣兒了，急忙跑到裡頭，搶頭報似的。

…那日賈政、賈赦出門，只有賈璉在家。眾人回明，賈璉還問：「真不真？」門上人口稱：「親眼見過，只是不給奴才，要見主子，一手交銀，一手交玉。」賈璉卻也喜歡，忙去稟知王夫人，即便回明賈母，把個襲人樂的合掌念佛。

賈母並不改口，一疊連聲：「快叫璉兒請那人到書房裡坐著，將玉取來一看，即便給銀。」賈璉依言，請那人進來，當客待他，用好言道謝：「要借這玉送到裡頭本人見了，謝銀分厘不短。」那人只得將一個綢子包兒送過去。

賈璉打開一看，可不是那一塊晶瑩美玉嗎？賈璉素昔原不理論，今日倒要看看。看了半日，上面的字也彷彿認得出來，什麼「除邪祟」等字。賈璉看了，喜之不勝，便叫家人伺候，忙忙的送與賈母王夫人認去。

……這會子驚動了合家的人，都等著看。鳳姐見賈璉進來，劈手奪去，不敢先看，送到賈母手裡。賈璉笑道：「妳這麼一點兒事還不叫我獻功呢。」

賈母打開看時，只見那玉比先前昏暗了好些，一面用手擦摸，鴛鴦拿上眼鏡兒來，戴著一瞧，說：「奇怪，這塊玉倒是的，怎麼把頭裡的寶色都沒了呢？」

王夫人看了一會子，也認不出，便叫鳳姐過來看。鳳姐看了道：「像倒像，只是顏色不大對，不如叫寶兄弟自己一看，就知道了。」

襲人在旁，也看著未必是那一塊，只是盼得心盛，也不敢說出不像來。鳳姐於是從賈母手中接過來，同著襲人，拿來與寶玉瞧。

……這時寶玉正睡著才醒。鳳姐告訴道：「你的玉有了。」

寶玉睡眼矇朧，接在手裡也沒瞧，便往地下一摺，道：「你們又來哄我了！」說著，只是冷笑。

鳳姐連忙拾起來道：「這也就奇了。怎麼你沒瞧，就知道呢？」寶玉也不答言，只管笑。

王夫人也進來了，見他這樣，便道：「這不用說了。他那玉原是胎裡帶來的一宗古怪東西，自然他有道理。想來這個必是人家見了帖兒，照樣兒做的。」大家此時恍然大悟。

……賈璉在外間屋裡聽見這個話，便說道：「既不是，快拿來與我問問他去。人家這樣事，他還敢來鬼混！」

賈母喝住道：「璉兒，拿了去給他們，叫他去罷。那也是窮極了的人，沒法兒了，所以見我們家有這樣事，他就想著賺幾個錢，也是有的。如今白白的花了錢，弄了這個東西，又叫咱們認出來了。

「依著我，倒別難為他，把這塊玉還他，說不是我們的，賞給他幾兩銀子。外頭的人知道了，纔肯有信兒就送來呢。要是難為了這一個人，就有真的，人家也不敢拿來了。」賈璉答應出去。

……那人還等著呢。半日不見人來，正在那裡心裡發虛。只見賈璉氣忿忿的走出來了。未知如何，下回分解。

◎第九六回◎

瞞消息鳳姐設奇謀
洩機關顰兒迷本性

…話說賈璉拿了那塊假玉忿忿走出，到了書房。那個人看見賈璉的氣色不好，心裡先發了虛了，連忙站起來迎著。剛要說話，賈璉冷笑道：「好大膽！我把你這個混帳東西！這裡是什麼地方，你敢來掉鬼[1]！」回頭便問：「小廝們呢？」外頭轟雷一般，幾個小廝齊聲答應。賈璉道：「取繩子去捆起他來！等老爺回來回明了，把他送到衙門裡去！」眾小廝又一齊答應：「預備著呢！」嘴裡雖如此，卻不動身。

那人先自唬的手足無措，見這般勢派，知道難逃公道，只得跪下給賈璉碰頭，口口聲聲只叫：「老太爺！別生氣！是我一時窮極無奈，才想出這個沒臉的營生來。那玉是我借錢做的，我也不敢要了，孝敬府裡的哥兒頑罷。」

賈璉啐道：「你這個不知死活的東西！這府裡希罕你的那朽不了的浪東西！」

……正鬧著，只見賴大進來，陪著笑向賈璉道：「二爺別生氣了。靠他算個什麼東西！饒了他，叫他滾出去罷。」

賈璉道：「實在可惡！」

賴大、賈璉作好作歹，眾人在外頭都說道：「糊塗狗攮的[2]，還不給爺和賴大爺磕頭呢！快快的滾罷，還等窩心腳[3]呢！」

那人趕忙磕了兩個頭，抱頭鼠竄而去。從此，街上鬧動了「賈寶玉」弄出「假寶玉」來。

……※……※……※……

1. 掉鬼——弄鬼，搗鬼。

2. 狗攮的——罵詞。猶狗養的。

3. 窩心腳——對著胸口踢去的一腳。

……且說賈政那日拜客回來，眾人因為燈節底下，恐怕賈政生氣，已過後的事了，便也都不肯回。只因元妃的事，忙碌了好些時，近日寶玉又病著，雖有舊例家宴，大家無興，也無可記之事。

……到了正月十七日，王夫人正盼王子騰來京，只見鳳姐來回說：「今日二爺在外聽得有人傳說，我們家大老爺趕著進京，離城二百多里地，在路上沒了。太太聽見了沒有？」

王夫人吃驚道：「我沒有聽見，老爺昨晚也沒有說起。到底在那裡聽見的？」

鳳姐道：「說是在樞密張老爺家聽見的。」

王夫人怔了半天，那眼淚早流下來了，因說道：「回來再叫璉兒索性打聽明白了，來告訴我。」

鳳姐答應去了。

…王夫人不免暗裡落淚，悲女哭弟，又為寶玉耽憂，如此連三接二，都是不隨意的事，那裡擱的住，便有些心口疼痛起來。

又加賈璉打聽明白了，來說道：「舅太爺是趕路勞乏，偶然感冒。到了十里屯地方，延醫調治；無奈這個地方沒有名醫，誤用了藥，一劑就死了。但不知家眷到了那裡沒有。」王夫人聽了，一陣心酸，便心口疼得坐不住，叫彩雲扶了上炕，還掙扎著叫賈璉去回了賈政：「即速收拾行裝，迎到那裡，幫著料理完畢，即刻回來告訴我們，好叫你媳婦兒放心。」賈璉不敢違拗，只得辭了賈政起身。

…賈政早已知道，心裡很不受用；又知寶玉失玉以後，神志惛憒[4]，醫藥無效；又值王夫人心疼。那年正值京察[5]，工部將賈政保列一等。二月，吏部帶領引見。皇上念賈政勤儉謹

4. 惛憒——糊塗，不明事理，糊糊不清。

5. 京察——明清定期考核京官的制度。明代每六年舉行一次京察，清代吏部設考功清吏司，改為三年考核一次。在京的稱「京察」，在外地的稱「大計」。

慎，即放了江西糧道。即日謝恩，已奏明起程日期。雖有眾親朋賀喜，賈政也無心應酬，只念家中人口不寧，又不敢耽延在家。

……正在無計可施，只聽見賈母那邊叫：「請老爺。」賈政即忙進去，看見王夫人帶著病也在那裡，便向賈母請了安。

賈母叫他坐下，便說：「你不日就要赴任，我有許多話與你說，不知你聽不聽？」說著，掉下淚來。

賈政忙站起來，說：「老太太有話，只管吩咐，兒子敢不遵命？」

賈母說道：「我今年八十一歲的人了，你又要做外任。偏有你大哥在家，你又不能告親老。你這一去了，我所疼的只有寶玉，偏偏的又病得糊塗，還不知道怎麼樣呢！

「我昨日叫賴升媳婦出去，給寶玉算算命，這先生算得好靈，說：『要娶了金命的人幫扶他，必要沖沖喜才好；不然只怕保不住。』

「我知道你不信那些話，所以叫你來商量。你的媳婦也在這裡，你們兩個也商量商量：還是要寶玉好呢？還是隨他去？」

⋯賈政陪笑說道：「老太太當初疼兒子這麼疼的，難道做兒子的就不疼自己的兒子不成麼？只為寶玉不上進，所以時常恨他，也不過是恨鐵不成鋼的意思。老太太既要給他成家，這也是該當的，豈有逆著老太太不疼他的理？

「如今寶玉病著，兒子也是不放心。因老太太不叫他見我，所以兒子也不敢言語。我到底瞧瞧寶玉是個什麼病？」王夫人見賈政說著也有些眼圈兒紅，知道心裡是疼的，便叫襲人扶了寶玉來。

……寶玉見了他父親，襲人叫他請安，他便請了個安。

賈政見他臉面很瘦，目光無神，大有瘋傻之狀，便叫人扶了進去，便想到：「自己也是望六的人了，如今又放外任，不知道幾年回來。倘或這孩子果然不好，一則年老無嗣，雖說有孫子，到底隔了一層；二則老太太最疼的是寶玉，若有差錯，可不是我的罪名更重了？」

瞧瞧王夫人，一包眼淚，又想到他身上，復站起來說：「老太太這麼大年紀，想法兒疼孫子，做兒子的還敢違拗？老太太主意，該怎麼便怎麼就是了。但只姨太太那邊，不知說明白了沒有？」

王夫人便道：「姨太太是早應了的。只為蟠兒的事沒有結案，所以這些時總沒提起。」

賈政又道：「這就是第一層的難處。她哥哥在監，妹子怎麼出嫁？況且貴妃的事雖不禁婚嫁，寶玉應照已出嫁的姐姐有九個月的功服[6]，此時也難娶親。再者我的起身日期已經奏明，不敢耽擱，這幾天怎麼辦呢？」

……賈母想了一想：「說的果然不錯。若是這幾件事過去，他父親又走了，倘或這病一天重似一天，怎麼好？只可越些禮辦了才好。」

想定主意，說道：「你若給他辦呢，我自然有個道理，包管都礙不著：姨太太那邊，我和你媳婦親自過去求她。蟠兒那裡，我央蝌兒去告訴他，說是要救寶玉的命，諸事將就，自然應的。

「若說服裡娶親，當真使不得；況且寶玉病著，也不可叫他成親，不過是沖沖喜。我們兩家願意，孩子們又有『金玉』的道理，婚是不用合的了，即挑了好日子，按著咱們家分兒過了禮。趕著挑個娶親日子，一概鼓樂不用，倒按宮裡的樣

6. 功服——喪服名。輕於齊衰，重於緦麻，有大功、小功之分。**大功**為期九個月，**小功**為期五個月。

子，用十二對提燈，一乘八人轎子抬了來，照南邊規矩拜了堂，一樣坐床撒帳，可不是算娶了親了麼？

「寶丫頭心地明白，是不用慮的。內中又有襲人，也還是個妥妥當當的孩子。再有個明白人常勸他，更好。他又和寶丫頭合的來。再者，姨太太說，寶丫頭的金鎖也有個和尚說過，等有玉的便是婚姻。焉知寶丫頭過來，不因金鎖倒招出那塊玉來，也定不得。從此一天好似一天，豈不大家造化？

「這會子只要立刻收拾屋子，鋪排起來，這屋子是要你派的。一概親友不請，也不排筵席；待寶玉好了，過了功服，然後再擺席請人。這麼著，都趕的上；你也看見了他們小兩口兒的事，也好放心的去。」

……賈政聽了，原不願意，只是賈母做主，不敢違命，勉強陪笑說道：「老太太想得極是，也很妥當。只是要吩咐家下眾人，不許吵嚷得裡外皆知，這要耽不是的。姨太太那邊，只怕不肯。若是果真應了，也只好按著老太太的主意辦去。」

賈母道：「姨太太那裡，有我呢，你去罷。」

……賈政答應出來，心中好不自在。因赴任事多，部裡領憑，親友們薦人，種種應酬不絕，竟把寶玉的事聽憑賈母交與王夫人鳳姐了。惟將榮禧堂後身王夫人內屋旁邊一所二十餘間房屋指與寶玉，餘者一概不管。賈母定了主意，叫人告訴他去，賈政只說很好。此是後話。

……且說寶玉見過賈政，襲人扶回裡間炕上。因賈政在外，無人敢與寶玉說話，寶玉便昏昏沉沉的睡去。賈母與賈政所說的話，寶玉一句也沒聽見。

……襲人卻靜靜兒的聽得明白，頭裡雖聽得些風聲，只不見寶釵過來，卻也有些信真。今日聽了這些話，心裡方才水落歸漕[7]，倒也喜歡。心裡想道：「果然上頭的眼力不錯！這才配的是。我也造化！她若來了，我可以卸了好些擔子。但是這一位的心裡只有一個林姑娘，幸虧他沒有聽見，若知道了，又不知要鬧到什麼分兒了！」

想到這裡，轉喜為悲，想：「這件事怎麼好？老太太、太太那裡知道他們心裡的事。一時高興說與他知道，原想要他病好。若是他仍似以前的心事：初見林姑娘，便要摔玉砸玉；況且那年夏天在園裡，把我當作林姑娘，說了好些私心話；後來因為紫鵑說了句頑話兒，便哭得死去活來。

「若是如今和他說，要娶寶姑娘，竟把林姑娘撂開，除非是他人事不知還可，若稍明白些，只怕不但不能沖喜，竟是催命

7. 水落歸漕——比喻安穩。

了！我再不把話說明，那不是一害三個人了麼？」

…襲人想定主意，待等賈政出去，叫秋紋照看著寶玉，便從裡間出來，走到王夫人身旁，悄悄的請了王夫人到賈母後身屋裡去說話。賈母只道是寶玉有話，也不理會，還在那裡打算怎麼過禮，怎麼娶親。

…那襲人同了王夫人到了後間，便跪下哭了。王夫人不知何意，把手拉著她，說：「好端端的，這是怎麼說，有什麼委屈，起來說。」

襲人道：「這話奴才是不該說的，這會子因為沒有法兒。」

王夫人道：「妳慢慢的說。」

襲人道：「寶玉的親事，老太太、太太已定了寶姑娘了，自然是極好的一件事。只是太太看去，寶玉和寶姑娘好，還是和林姑娘好？」

王夫人道：「他兩個因從小兒在一處，所以寶玉和林姑娘又好些。」

襲人道：「不是好些。」便將寶玉素與黛玉這些光景一一說了，還說：「這些事都是太太親眼見的，獨是夏天的話，我從沒敢和別人說。」

……王夫人拉著襲人道：「我看外面兒已瞧出幾分來了，妳今日一說，更加是了。但是剛才老爺說的話，想必都聽見了，妳看他的神情怎麼樣？」

襲人道：「如今寶玉若有人和他說話他就笑，沒人和他說話他就睡，所以頭裡的話都沒聽見。」

王夫人道：「倒是這件事叫人怎麼樣呢？」

襲人道：「奴才說是說了，還得太太告訴老太太，想個萬全的主意才好。」

王夫人便道：「既這麼著，妳去幹妳的。這時候滿屋子的人，暫且不用提起。等我瞅空兒回明老太太，再作道理。」說著，仍到賈母跟前。

……賈母正在那裡和鳳姐商議，見王夫人進來，便問道：「襲人丫頭說什麼？這麼鬼鬼祟祟的。」

王夫人趁問，便將寶玉的心事細細回明。賈母聽了，半日沒言語。嘆道：「別的都好說。林丫頭倒沒有什麼。若寶玉真是這樣，這可叫人作難了！」

……只見鳳姐想了一想，因說道：「難倒不難。只是我想了個主意，不知姑媽肯不肯。」

王夫人道：「妳有主意，只管說給老太太聽，大家娘兒們商量著辦罷了。」

鳳姐道：「依我想，這件事，只有一個掉包兒[8]的法子。」

賈母道：「怎麼掉包兒？」

鳳姐道：「如今不管寶兄弟明白不明白，大家吵嚷起來；說是老爺做主，將林姑娘配了他了，瞧他的神情兒怎麼樣。要是他全不管，這個包兒就不用掉了；若是他喜歡，這就要大費周折呢。」

王夫人道：「就算他喜歡，妳怎麼樣辦法呢？」

……鳳姐走到王夫人耳邊，如此這般的說了一遍。王夫人點了幾點頭兒，笑了一笑，說道：「也罷了。」

賈母道：「妳娘兒兩個搗鬼，到底告訴我是怎麼著呀？」

鳳姐恐賈母不懂，露洩機關，也向耳邊輕輕告訴了一遍。賈母果真一時不懂。鳳姐笑著又說了幾句。

8. 掉包兒——暗中掉換。

賈母笑道：「這麼著也好，可就只忒苦了寶丫頭了。倘或吵嚷出來，林丫頭又怎麼樣呢？」

鳳姐道：「這個話，原只說與寶玉聽，外頭一概不許提起，有誰知道呢？」

……正說間，丫頭傳進話來，說：「璉二爺回來了」。王夫人恐賈母問及，使個眼色與鳳姐。鳳姐便出來迎著賈璉努了個嘴兒，同到王夫人屋裡等著去了。一會兒，王夫人進來，已見鳳姐哭的兩眼通紅。

賈璉請了安，將到十里屯料理王子騰喪事的話說了一遍，說：「有恩旨，賞了內閣的職銜，謚了文勤公，命本家扶柩回籍，著沿途地方官照料。昨日起身，連家眷回南去了。舅太太叫我回來請安問好，說如今想不到竟不能進京，有多少話不能說。聽見我大舅子要進京，若是路上遇見了，便叫他來到咱們這裡細細的說。」

王夫人聽畢，其悲痛自不必言。鳳姐勸慰了一番，「請太太略歇一歇，晚上來再商量寶玉的事罷。」說畢，同賈璉回到房中，告訴了賈璉，叫他派人收拾新房。不提。

※ ※ ※

……一日，黛玉早飯後，帶著紫鵑到賈母這邊來，一則請安，二則也為自己散散悶。出了瀟湘館，走了幾步，忽然想起忘了手絹子，因叫紫鵑回去取來，自己卻慢慢的走著等她。剛走到沁芳橋那邊山石背後，當日同寶玉葬花之處，忽聽一個人嗚嗚咽咽在那裡哭。

……黛玉煞住腳聽時，又聽不出是誰的聲音，也聽不出哭著的叨叨的是些什麼話。心裡甚是疑惑；便慢慢的走去。及到了跟前，卻見一個濃眉大眼的丫頭在那裡哭呢。

黛玉未見她時，還只疑府裡這些大丫頭有什麼說不出的心事，所以來這裡發洩；及至見了這個丫頭，卻又好笑，因想到，這種蠢貨有什麼情種，自然是那屋裡做粗活的丫頭受了大女孩子的氣了。細瞧了一瞧，卻不認得。

那丫頭見黛玉來了，便也不敢再哭，站起來拭眼淚。

……黛玉問道：「妳好好的為什麼傷心？」

那丫頭聽了這話，又流淚道：「林姑娘，妳評評這個理。她們說話，我也不知道，我就說錯了一句話，我姐姐也不犯就打我呀！」

黛玉聽了，不懂她說的是什麼，因笑問道：「妳姐姐是那一個？」

那丫頭道：「就是珍珠姐姐。」

黛玉聽了，纔知她是賈母屋裡的。因又問：「妳叫什麼？」

那丫頭道：「我叫傻大姐兒。」

黛玉笑了一笑，又問：「妳姐姐為什麼打妳？妳說錯了什麼話了？」

那丫頭道：「為什麼呢，就是我們寶二爺娶寶姑娘的事情。」

……黛玉聽了這句話，如同一個疾雷，心頭亂跳。略定了定神，便叫這丫頭：「妳跟了我這裡來。」那丫頭跟著黛玉到那畸角兒上葬桃花的去處，那裡背靜。

黛玉問道：「寶二爺娶寶姑娘，她為什麼打妳呢？」

傻大姐道：「我們老太太和太太、二奶奶商量了，因為老爺要起身，說就趕著往姨太太商量把寶姑娘娶過來罷。頭一宗，與寶二爺沖什麼喜：第二宗……」說到這裡，又瞅著黛玉笑了一笑，才說道：「趕著辦了，還要與林姑娘說婆婆家呢。」

…黛玉已經聽呆了。這丫頭只管說道：「我又不知道她們怎麼商量的，不叫人吵嚷，怕寶姑娘聽見害臊。我白和寶二爺屋裡的襲人姐姐說了一句：『咱們明兒更熱鬧了，又是寶姑娘，又是寶二奶奶，這可怎麼叫呢？』

「林姑娘，妳說我這話礙著珍珠姐姐什麼？她就過來打我一個嘴巴，說我混說，不遵上頭的話，要攆出我去！我知道上頭為什麼不叫言語呢？妳們又沒告訴我，就打我！」說著，又哭起來。

…那黛玉此時心裡竟是油兒、醬兒、糖兒、醋兒倒在一處，甜苦酸鹹竟說不上什麼味兒來了。停了一會，顫巍巍的說道：「妳別混說了。叫人聽見，又要打妳了。妳去罷。」說著，自己轉身要回瀟湘館去。那身子竟有千百斤重的，兩腳卻像踏著棉花一般，早已軟了。只得一步一步慢慢的走將來。

走了半天，還沒到沁芳橋畔，原來腳下軟了，走的慢，且又迷迷痴痴，信著腳從那邊繞過來，更添了兩箭地的路。這時，剛到沁芳橋畔，卻又不知不覺順著堤往回走起來。

…紫鵑取了絹子來，卻不見黛玉。正在那裡看時，只見黛玉顏色雪白，身子晃晃蕩蕩的，眼睛直直的，在那裡東轉西轉。又見一個丫頭往前頭走了，離的遠，也看不出是那一個來。心中驚疑不定，只得趕過來，輕輕的問道：「姑娘怎麼又回去，是要往那裡去？」黛玉也只模糊聽見，隨口答應道：「我問問寶玉去。」紫鵑聽了，摸不著頭腦，只得攙著她到賈母這邊來。

…黛玉走到賈母門口，心裡微覺明晰，回頭看見紫鵑攙著自己，便站住了，問道：「妳作什麼來的？」

紫鵑陪笑道：「我找了絹子來。頭裡見姑娘在橋那邊呢，我趕著過去問姑娘，姑娘沒理會。」

黛玉笑道：「我打量妳來瞧寶二爺來了呢，不然，怎麼往這裡走呢？」

紫鵑見她心裡迷惑，便知黛玉必是聽見那丫頭什麼話來，惟有點頭微笑而已。只是心裡怕她見了寶玉，一時說出些不大體統的話來，那時如何是好。心裡雖如此想，又不敢違拗，只得攙她進去。

……那黛玉卻又奇怪了，這時不是先前那樣軟了，也不用紫鵑打簾子，自己掀起簾子進來，卻是寂然無聲。因賈母在屋裡歇中覺，丫頭們也脫滑頑去的，也有打盹的，也有在那裡伺候老太太的。

倒是襲人聽見簾子響，從屋裡出來一看，見是黛玉，便讓道：

「姑娘屋裡坐罷。」

黛玉笑道：「寶二爺在家麼？」襲人不知底裡，剛要答言，紫鵑在黛玉身後和她努嘴兒，指著黛玉，又搖手兒。襲人不解何意，也不敢言語。

黛玉卻也不理會，自己走進房來。看見寶玉坐著，也不起來讓坐，只瞅著嘻嘻的傻笑。黛玉自己坐下，卻也瞅著寶玉笑。兩個人也不問好，也不說話，也無推讓，只管對著傻笑起來。襲人看見這般光景，心裡大不得主意，只是沒法兒。

……忽聽黛玉道：「寶玉，你為什麼病了？」

寶玉笑道：「我為林姑娘病了。」紫鵑、襲人兩個唬得面目改色，連忙用言語來岔。兩個卻又不答言，仍舊傻笑起來。

襲人見了這樣，知道黛玉此時心中迷惑，和寶玉一樣。因和紫鵑道：「姑娘才好了，我叫秋紋妹妹同著妳攙回姑娘，去歇歇罷。」

因回頭向秋紋道：「妳和紫鵑姐姐送回林姑娘去，妳可別混說話。」秋紋笑著，也不言語，便來同著紫鵑攙起黛玉。

……那黛玉也就站起來，瞅著寶玉只管笑，只管點頭兒。紫鵑又催道：「姑娘，回家去歇歇罷。」黛玉道：「可不是，我這就是回去的時候兒了。」說著，便回身笑著出來了，仍舊不用丫頭們攙扶，自己卻走得比往常飛快。紫鵑秋紋後面趕忙跟著走。

……黛玉出了賈母院門，只管一直走去，紫鵑連忙攙住，叫道「姑娘，往這麼來。」黛玉仍是笑著隨了往瀟湘館來。離門口不遠，紫鵑道：「阿彌陀佛！可到了家了！」

……只是這一句話沒說完，只見黛玉身子往前一栽，「哇」的一聲，一口血直吐出來。未知性命如何，且聽下回分解。

◎第九七回◎

林黛玉焚稿斷痴情
薛寶釵出閨成大禮

……話說黛玉到瀟湘館門口，紫鵑說了一句話，更動了心，一時吐出血來，幾乎暈倒，虧了還同著秋紋，兩個人挽扶著黛玉到屋裡來。

那時秋紋去後，紫鵑、雪雁守著，見她漸漸甦醒過來，問紫鵑道：「妳們守著哭什麼？」紫鵑見她說話明白，倒放了心了，因說：「姑娘剛才打老太太那邊回來，身上覺著不大好，唬的我們沒了主意，所以哭了。」

黛玉笑道：「我那裡就能夠死呢！」這一句話沒完，又喘成一處。

原來黛玉因今日聽得寶玉、寶釵的事情，這本是她數年的心病，一時急怒，所以迷惑了本性。及至回來，吐了這一口血，心中卻漸漸的明白過來，把頭裡的事一字也不記得了。

這會子見紫鵑哭，方模糊想起傻大姐的話來。此時反不傷心，惟求速死，以完此債。這裡紫鵑、雪雁只得守著，想要告訴人去，怕又像上次招得鳳姐兒說她們失驚打怪的。

……那知秋紋回去，神情慌遽，正值賈母睡起中覺來，看見這般光景，便問：「怎麼了？」秋紋嚇的連忙把剛才的事回了一遍。賈母大驚說：「這還了得！」連忙著人叫了王夫人、鳳姐過來，告訴了她婆媳兩個。

鳳姐道：「我都囑咐到了，這是什麼人走了風呢？這不更是一件難事了嗎！」

賈母道：「且別管那些，先瞧瞧去，是怎麼樣了。」說著，便起身帶著王夫人、鳳姐等過來看視。

見黛玉顏色如雪，並無一點血色，神氣昏沉，氣息微細。半日又咳嗽了一陣，丫頭遞了痰盒，吐出都是痰中帶血的。大家都慌了。

只見黛玉微微睜眼，看見賈母在她旁邊，便喘吁吁的說道：「老太太，妳白疼了我了！」賈母一聞此言，十分難受，便道：「好孩子，妳養著罷，不怕的！」黛玉微微一笑，把眼又閉上了。

…外面丫頭進來回鳳姐道：「大夫來了。」於是大家略避。王大夫同著賈璉進來，診了脈，說道：「尚不妨事。這是鬱氣傷肝，肝不藏血，所以神氣不定。如今要用斂陰止血的藥，方可望好。」王大夫說完，同著賈璉出去開方取藥去了。

…賈母看黛玉神氣不好，便出來告訴鳳姐等道：「我看這孩子的病，不是我咒她，只怕難好。妳們也該替她預備預備，沖一沖。或者好了，豈不是大家省心？就是怎麼樣，也不至臨時忙亂。咱們家裡，這兩天正有事呢。」鳳姐兒答應了。

……賈母又問了紫鵑一回，到底不知是那個說的。賈母心裡只是納悶，因說：「孩子們從小兒在一處兒頑，好些是有的。如今大了，懂得人事，就該要分別些，才是做女孩兒的本分，我才心裡疼她。若是她心裡有別的想頭，成了什麼人了呢！我可是白疼了她了。妳們說了，我倒有些不放心。」因回到房中，又叫襲人來問。

襲人仍將前日回王夫人的話，並方才黛玉的光景，述了一遍。賈母道：「我方才看她，卻還不至糊塗。這個理，我就不明白了。咱們這種人家，別的事自然沒有的，這心病也是斷斷有不得的。林丫頭若不是這個病呢，我憑著花多少錢都使得。若是這個病，不但治不好，我也沒心腸了。」

……鳳姐道：「林妹妹的事，老太太倒不必張心[1]，橫豎有她二哥哥天天同著大夫瞧看。倒是姑媽那邊的事要緊。今日早起聽見說，房子不差什麼就妥當了。竟是老太太、太太到姑媽那邊，我也跟了去，商量商量。

「就只一件，姑媽家裡有寶妹妹在那裡，難以說話，不如索性請姑媽晚上過來，咱們一夜都說結了，就好辦了。」賈母、王夫人都道：「妳說的是。今日晚了，明日飯後，咱們娘兒們就過去。」說著，賈母用了晚飯。

鳳姐同王夫人各自歸房。不提。

……※……※……※……

……且說次日鳳姐吃了早飯過來，便要試試寶玉，走進裡間說

1. 張心——勞神。

道：「寶兄弟大喜！老爺已擇了吉日，要給你娶親了。你喜歡不喜歡？」寶玉聽了，只管瞅著鳳姐笑，微微的點點頭兒。

鳳姐笑道：「給你娶林妹妹過來，好不好？」寶玉卻大笑起來。

鳳姐看著，也斷不透他是明白，是糊塗，因又問道：「老爺說，你好了才給你娶林妹妹呢；若還是這麼傻，便不給你娶了。」

寶玉忽然正色道：「我不傻，妳才傻呢。」說著，便站起來說：「我去瞧瞧林妹妹，叫她放心。」

鳳姐忙扶住了，說：「林妹妹早知道了。她如今要做新媳婦了，自然害羞，不肯見你的。」

寶玉道：「娶過來，她到底是見我不見？」

…鳳姐又好笑，又著忙，心裡想：「襲人的話不差。提了林妹妹，雖說仍舊說些瘋話，卻覺得明白些。若真明白了，將來不是林妹妹，打破了這個燈虎兒[2]，那饑荒才難打呢！」便忍笑說道：「你好好兒的便見你，若是瘋瘋顛顛的，她就不見你了。」

寶玉說道：「我有一個心，前兒已交給林妹妹了。她要過來，橫豎給我帶來，還放在我肚子裡頭。」

鳳姐聽著竟是瘋話，便出來看著賈母笑。賈母聽了，又是笑，又是疼，便說道：「我早聽見了。如今且不用理他，叫襲人好好的安慰他。咱們走罷。」

……說著，王夫人也來。大家到了薛姨媽那裡，只說惦記著這邊的事，來瞧瞧。薛姨媽感激不盡，說些薛蟠的話。喝了茶，薛姨媽才要人告訴寶釵，鳳姐連忙攔住，說：「姑媽不必告訴寶妹妹。」

2. 燈虎兒——即燈謎比喻暫時被隱瞞著的事物。

又向薛姨媽陪笑說道：「老太太此來，一則為瞧姑媽，二則也有句要緊的話，特請姑媽到那邊商議。」薛姨媽聽了，點點頭兒說：「是了。」於是大家又說些閒話，便回來了。

……當晚，薛姨媽果然過來，見過了賈母，到王夫人屋裡來，不免說起王子騰來，大家落了一回淚。薛姨媽便問道：「剛才我到老太太那裡，寶哥兒出來請安，還好好兒的，不過略瘦些，怎麼妳們說得很利害？」

鳳姐便道：「其實也不怎麼樣，只是老太太懸心。目今老爺又要起身外任去，不知幾年才來。老太太的意思，頭一件叫老爺看著寶兄弟成了家，也放心；二則也給寶兄弟沖沖喜，借大妹妹的金鎖壓壓邪氣，只怕就好了。」

……薛姨媽心裡也願意，只慮著寶釵委曲，便道：「也使得，只是大家還要從長計較計較才好。」

王夫人便按著鳳姐的話和薛姨媽說，只說：「姨太太這會子家裡沒人，不如把妝奩一概蠲免。明日就打發蝌兒去告訴蟠兒，一面這裡過門，一面給他變法兒撕擄[3]官事。」並不提寶玉的心事。又說：「姨太太既作了親，娶過來，早早好一天，大家早放一天心。」

……正說著，只見賈母差鴛鴦過來候信。薛姨媽雖恐寶釵委屈，然也沒法兒，又見這般光景，只得滿口應承。鴛鴦回去回了賈母。賈母也甚喜歡，又叫鴛鴦過來求薛姨媽和寶釵說明原故，不叫她受委曲。

薛姨媽也答應了，便議定鳳姐夫婦作媒人。大家散了。王夫人姊妹不免又敘了半夜話兒。

3. **撕擄**——張羅，排解。

……次日，薛姨媽回家，將這邊的話細細的告訴了寶釵，還說：「我已經應承了。」寶釵始則低頭不語，後來便自垂淚。薛姨媽用好言勸慰，解釋了好些話。寶釵自回房內，寶琴隨去解悶。薛姨媽才告訴了薛蝌，叫他明日起身：「一則打聽審詳的事，二則告訴你哥哥一個信兒。你即便回來。」

……薛蝌去了四日，便回來，回覆薛姨媽道：「哥哥的事，上司已經准了誤殺，一過堂就要題本了，叫咱們預備贖罪的銀子。妹妹的事，說：『媽媽做主很好的。趕著辦又省了好些銀子，叫媽媽不用等我，該怎麼著就怎麼辦罷。』」

……薛姨媽聽了，一則薛蟠可以回家，二則完了寶釵的事，心裡安放了好些。便是看著寶釵心裡好像不願意似的，「雖是這樣，她是女兒家，素來也孝順守禮的人，知我應了，她也沒得說的。」

便叫薛蝌：「辦泥金庚帖[4]，填上八字，即叫人送到璉二爺那邊去，還問了過禮的日子來，你好預備。本來咱們不驚動親友，哥哥的朋友是你說『都是混帳人』；親戚呢，就是賈、王兩家，如今賈家是男家，王家無人在京裡。「史姑娘放定的事，她家沒有請咱們，咱們也不用通知。倒是把張德輝請了來，托他照料些，他上幾歲年紀的人，到底懂事。」薛蝌領命，叫人送帖過去。

…次日，賈璉過來見了薛姨媽，請了安，便說：「明日就是上好的日子，今日過來回姨太太，就是明日過禮罷。只求姨太太不要挑飭[5]就是了。」說著，捧過通書[6]來。薛姨媽也謙遜了幾句，點頭應允。

賈璉趕著回去，回明賈政。賈政便道：「你回老太太說，既不

4.泥金庚帖——用泥金箋寫的庚帖，上寫訂婚者的姓名、籍貫、生辰八字及祖宗三代等。

5.挑飭——挑剔責備。

6.通書——舊時男家通知女家迎娶日期的帖子。

叫親友們知道，諸事寧可簡便些。若是東西上，請老太太瞧了就是了，不必告訴我。」賈璉答應，進內將話回明賈母。

這裡王夫人叫了鳳姐命人將過禮的物件都送與賈母過目，並叫襲人告訴寶玉。那寶玉又嘻嘻的笑道：「這裡送到園裡，回來園裡又送到這裡。咱們的人送，咱們的人收，何苦來呢？」賈母、王夫人聽了，都喜歡道：「說他糊塗，他今日怎麼這麼明白呢？」

鴛鴦等忍不住好笑，只得上來一件一件的點明給賈母瞧，說：「這是金項圈，這是金珠首飾，共八十件。這是妝蟒四十匹。這是各色綢緞一百二十匹。這是四季的衣服，共一百二十件。外面也沒有預備羊酒，這是折羊酒[7]的銀子。」賈母看了，都說好，輕輕的與鳳姐說道：「妳去告訴姨太太說：不是虛禮，求姨太太等蟠兒出來，慢慢的叫人給他妹妹

7.羊酒——羊和酒。亦泛指賞賜或饋贈的物品。這裡是作為訂婚的聘禮。

做來就是了。那好日子的被褥，還是咱們這裡代辦了罷。」

⋯鳳姐答應了出來，叫賈璉先過去，又叫周瑞、旺兒等，吩咐他們：「不必走大門，只從園裡從前開的便門內送去，我也就過去。這門離瀟湘館還遠，倘別處的人見了，囑咐他們不用在瀟湘館裡提起。」眾人答應著，送禮而去。

寶玉認以為真，心裡大樂，精神便覺得好些，只是語言總有些瘋傻。那過禮的回來，都不提名說姓，因此上下人等雖都知道，只因鳳姐吩咐，都不敢走漏風聲。

⋯且說黛玉雖然服藥，這病日重一日。

紫鵑等在旁苦勸，說道：「事情到了這個分兒，不得不說了。姑娘的心事，我們也都知道。至於意外之事，是再沒有的。姑娘不信，只拿寶玉的身子說起，這樣大病，怎麼做得親呢？姑娘別聽瞎話，自己安心保重才好。」黛玉微笑一笑，也不答言，又咳嗽數聲，吐出好些血來。

……紫鵑等看去，只有一息奄奄，明知勸不過來，惟有守著流淚，天天三四趟去告訴賈母。鴛鴦測度賈母近日比前疼黛玉的心差了些，所以不常去回。況賈母這幾日的心都在寶釵、寶玉身上，不見黛玉的信兒，也不大提起，只請太醫調治罷了。

……黛玉向來病著，自賈母起，直到姊妹們的下人，常來問候。今見賈府中上下人等都不過來，連一個問的人都沒有，睜開眼，只有紫鵑一人。自料萬無生理，因扎掙著向紫鵑說道：「妹妹，妳是我最知心的，雖是老太太派妳服侍我這幾年，我拿妳就當作我的親妹妹。」說到這裡，氣又接不上來。紫鵑聽了，一陣心酸，早哭得說不出話來。

……遲了半日，黛玉又一面喘，一面說道：「紫鵑妹妹，我躺著不受用，妳扶起我來靠著坐坐才好。」紫鵑道：「姑娘的身上不大好，起來又要抖摟[8]著了。」黛玉聽了，閉上眼不言語了。一時，又要起來，紫鵑沒法，只得同雪雁把她扶起，兩邊用軟枕靠住，自己卻倚在旁邊。黛玉那裡坐得住，下身自覺硌的疼，狠命的撐著。叫過雪雁來道：「我的詩本子。」說著，又喘。

……雪雁料是要她前日所理的詩稿，因找來送到黛玉跟前。黛玉點點頭兒，又抬眼看那箱子。雪雁不解，只是發怔。黛玉氣的兩眼直瞪，又咳嗽起來，又吐了一口血。雪雁連忙回身取了水來，黛玉漱了，吐在盒內。紫鵑用絹子給她拭了

8. 抖摟—因抖動衣被而受涼。

嘴。黛玉便拿那絹子指著箱子，又喘成一處，說不上來，閉了眼。

紫鵑道：「姑娘歪歪兒罷。」

黛玉又搖搖頭兒。紫鵑料是要絹子，便叫雪雁開箱，拿出一塊白綾絹子來。黛玉瞧了，撂在一邊，使勁說道：「有字的！」

紫鵑這才明白過來，要那塊題詩的舊帕，只得叫雪雁拿出來，遞給黛玉。

紫鵑勸道：「姑娘歇歇罷，何苦又勞神，等好了再瞧罷。」

……只見黛玉接到手裡，也不瞧詩，扎掙著伸出那隻手來，狠命的撕那絹子，卻是只有打顫的分兒，那裡撕得動。紫鵑早已知她是恨寶玉，卻也不敢說破，只說：「姑娘何苦自己又生氣！」黛玉點點頭兒，掖在袖裡，便叫雪雁點燈。雪雁答應，連忙點上燈來。

……黛玉瞧瞧，又閉了眼坐著，喘了一會子，又道：「籠上火盆。」紫鵑打量她冷。因說道：「姑娘躺下，多蓋一件罷。那炭氣只怕耽不住。」黛玉又搖頭兒。雪雁只得籠上，擱在地下火盆架上。黛玉點頭，意思叫挪到炕上來。雪雁只得端上來，出去拿那張火盆炕桌。

那黛玉卻又把身子欠起，紫鵑只得兩隻手來扶著她。黛玉這才將方才的絹子拿在手中，瞅著那火，點點頭兒，往上一撂。紫鵑唬了一跳，欲要搶時，兩隻手卻不敢動。雪雁又出去拿火盆桌子，此時那絹子已經燒著了。

紫鵑勸道：「姑娘，這是怎麼說呢？」

黛玉只作不聞，回手又把那詩稿拿起來，瞧了瞧，又撂下了。紫鵑怕她也要燒，連忙將身倚住黛玉，騰出手來拿時，黛玉又早拾起，撂在火上。此時紫鵑卻夠不著，乾急。

……雪雁正拿進桌子來，看見黛玉一撂，不知何物，趕忙搶時，那紙沾火就著，如何能夠少待，早已烘烘的著了。雪雁也顧不得燒手，從火裡抓起來，撂在地下亂踩，卻已燒得所餘無幾了。

……那黛玉把眼一閉，往後一仰，幾乎不曾把紫鵑壓倒。紫鵑連忙叫雪雁上來，將黛玉扶著放倒，心裡突突的亂跳。欲要叫人時，天又晚了；欲不叫人時，自己同著雪雁和鸚哥等幾個小丫頭，又怕一時有什麼原故。好容易熬了一夜。

……到了次日早起，覺黛玉又緩過一點兒來。飯後，忽然又嗽又吐，又緊起來。紫鵑看著不祥了，連忙將雪雁等都叫進來看守，自己卻來回賈母。那知到了賈母上房，靜悄悄的，只有兩三個老媽媽和幾個做粗活的丫頭在那裡看屋子呢。

紫鵑因問道：「老太太呢？」那些人都說不知道。紫鵑聽這話詫異，遂到寶玉屋裡去看，竟也無人。遂問屋裡的丫頭，也說不知。

……紫鵑已知八九，「但這些人怎麼竟這樣狠毒冷淡！」又想到黛玉這幾天竟連一個人問的也沒有，越想越悲，索性激起一腔悶氣來，一扭身，便出來了。自己想了一想，「今日倒要看看寶玉是何形狀！看他見了我怎麼樣過的去！那一年我說了一句謊話，他就急病了。今日竟公然做出這件事來！可知天下男子之心真真是冰寒雪冷，令人切齒的！」一面走，一面想，早已來到怡紅院。只見院門虛掩，裡面卻又寂靜的很。紫鵑忽然想到：「他要娶親，自然是有新屋子的，但不知他這新屋子在何處？」正在那裡徘徊瞻顧，看見墨雨飛跑，紫鵑便叫住他。

墨雨過來笑嘻嘻的道：「姐姐在這裡做什麼？」

紫鵑道：「我聽見寶二爺娶親，我要來看看熱鬧兒，誰知不在這裡，也不知是幾兒？」

墨雨悄悄的道：「我這話只告訴姐姐，妳可別告訴雪雁她們。上頭吩咐了，連妳們都不叫知道呢。就是今日夜裡娶，那裡是在這裡！老爺派璉二爺另收拾了房子了。」

說著，又問：「姐姐有什麼事麼？」

紫鵑道：「沒什麼事，你去罷。」墨雨仍舊飛跑去了。

……紫鵑自己也發了一回呆，忽然想起黛玉來，這時候還不知是死是活。因兩淚汪汪，咬著牙，發狠道：「寶玉！我看她明兒死了，你算是躲的過不見了。你過了你那如心如意的事兒，拿什麼臉來見我！」一面哭，一面走，嗚嗚咽咽的自回去了。

……還未到瀟湘館，只見兩個小丫頭在門裡往外探頭探腦的，一眼看見紫鵑，那一個便嚷道：「那不是紫鵑姐姐來了嗎？」紫鵑知道不好了，連忙擺手兒不叫嚷，趕忙進去看時，只見黛玉肝火上炎，兩顴紅赤。

紫鵑覺得不妥，叫了黛玉的奶媽王奶奶來，一看，她便大哭起來。這紫鵑因王奶媽有些年紀，可以仗個膽兒，誰知竟是個沒主意的人，反倒把紫鵑弄得心裡七上八下。忽然想起一個人來，便命小丫頭急忙去請。

……你道是誰？原來紫鵑想起李宮裁是個孀居，今日寶玉結親，她自然迴避。況且園中諸事，向係李紈料理，所以打發人去請她。

李紈正在那裡給賈蘭改詩，冒冒失失的見一個丫頭進來回說：「大奶奶，只怕林姑娘好不了，那裡都哭呢！」

李紈聽了，嚇了一大跳，也來不及問了，連忙站起身來便走，素雲、碧月跟著，一頭走著，一頭落淚，想著：「姐妹在一處一場，更兼她那容貌才情，真是寡二少雙，惟有青女、素娥可以彷彿一二，竟這樣小小的年紀就作了北邙[9]鄉女！偏偏鳳姐想出一條偷梁換柱之計，自己也不好過瀟湘館來，竟未能少盡姊妹之情。真真可憐可嘆！」一頭想著，已走到瀟湘館的門口。裡面卻又寂然無聲，李紈倒著起忙來：「想來必是已死，都哭過了。那衣衾未知裝裹妥當了沒有？」連忙三步兩步走進屋子來。

……裡間門口一個小丫頭已經看見，便說：「大奶奶來了。」紫鵑忙往外走，和李紈走了個對臉。李紈忙問：「怎麼樣？」紫鵑欲說話時，惟有喉中哽咽的分兒，卻一字說不出，那眼淚一似斷線珍珠一般，只將一隻手回過去指著黛玉。

9. 北邙──山名。即邙山。因在洛陽之北，故名。東漢、魏、晉的王侯公卿多葬於此。借指墓地或墳墓。北邙鄉女，代指女子的死亡。

李紈看了紫鵑這般光景，更覺心酸，也不再問，連忙走過來看時，那黛玉已不能言。李紈輕輕叫了兩聲，黛玉卻還微微的開眼，似有知識之狀，但只眼皮嘴唇微有動意，口內尚有出入之息，卻要一句話、一點淚，也沒有了。

……李紈回身，見紫鵑不在跟前，便問雪雁。雪雁道：「她在外頭屋裡呢。」李紈連忙出來，只見紫鵑在外間空床上躺著，顏色青黃，閉了眼，只管流淚，那鼻涕眼淚把一個砌花錦邊的褥子已濕了碗大的一片。

李紈連忙喚她，那紫鵑才慢慢的睜開眼，欠起身來。李紈道：「傻丫頭！這是什麼時候，且只顧哭妳的！林姑娘的衣衾，還不拿出來給她換上，還等多早晚呢？難道她個女孩兒家，妳還叫她赤身露體，精著來，光著去嗎？」

紫鵑聽了這句話，一發止不住痛哭起來。

李紈一面也哭，一面著急，一面拭淚，一面拍著紫鵑的肩膀說：

「好孩子，妳把我的心都哭亂了，快著收拾她的東西罷，再遲一會子就了不得了。」

……正鬧著，外邊一個人慌慌張張跑進來，倒把李紈唬了一跳。看時，卻是平兒，跑進來，看見這樣，只是呆磕磕的發怔。李紈道：「妳這會子不在那邊，做什麼來了？」說著，林之孝家的也進來了。

平兒道：「奶奶不放心，叫來瞧瞧。既有大奶奶在這裡，我們奶奶就只顧那一頭兒了。」李紈點點頭兒。

平兒道：「我也見見林姑娘。」說著，一面往裡走，一面早已流下淚來。

這裡李紈因和林之孝家的道：「妳來的正好，快出去瞧瞧去，告訴管事的預備林姑娘的後事。妥當了，叫他來回我，不用到那邊去。」林之孝家的答應了，還站著。

李紈道：「還有什麼話呢？」林之孝家的道：「剛才二奶奶和老太太商量了，那邊用紫鵑姑娘使喚使喚呢。」

李紈還未答言，只見紫鵑道：「林奶奶，妳先請罷！等著人死了，我們自然是出去的，那裡用這麼……」說到這裡，卻又不好說了，因又改說道：「況且我們在這裡守著病人，身上也不潔淨。林姑娘還有氣兒呢，不時的叫我。」

李紈在旁解說道：「當真這林姑娘和這丫頭也是前世的緣法兒。倒是雪雁是她南邊帶來的，她倒不理會。惟有紫鵑，我看她兩個一時也離不開。」

林之孝家的頭裡聽了紫鵑的話，未免不受用，被李紈這番一說，卻也沒的說，又見紫鵑哭得淚人一般，只好瞅著她微微的笑，因又說道：「紫鵑姑娘這些閒話倒不要緊，只是她卻說得，我可怎麼回老太太呢？況且這話是告訴得二奶奶的嗎？」

正說著，平兒擦著眼淚出來道：「告訴二奶奶什麼事？」林之孝家的將方才的話說了一遍。平兒低了一回頭，說：「這麼著罷，就叫雪姑娘去罷。」

李紈道：「她使得嗎？」平兒走到李紈耳邊說了幾句，李紈點點頭兒道：「既是這麼著，就叫雪雁過去也是一樣的。」

林之孝家的因問平兒道：「雪姑娘使得嗎？」

平兒道：「使得，都是一樣。」林家的道：「那麼，姑娘就快叫雪姑娘跟了我去。我先去回了老太太和二奶奶去。這可是大奶奶和姑娘的主意，回來姑娘再各自回二奶奶去。」

李紈道：「是了。妳這麼大年紀，連這麼點子事還不耽呢！」

林家的笑道：「不是不耽，頭一宗，這件事老太太和二奶奶辦的，我們都不能很明白；再者，又有大奶奶和平姑娘呢。」

說著，平兒已叫了雪雁出來。

……原來雪雁因這幾日嫌她小孩子家懂得什麼，便也把心冷淡了；況且聽是老太太和二奶奶叫，也不敢不去，連忙收拾了頭。平兒叫她換了新鮮衣服，跟著林家的去了。

隨後平兒又和李紈說了幾句話。李紈又囑咐平兒打那麼催著林之孝家的叫她男人快辦了來。平兒答應著出來，轉了個彎子，看見林家的帶著雪雁在前頭走呢，趕忙叫住道：「我帶了她去罷，妳先告訴林大爺辦林姑娘的東西去罷。奶奶那裡我替回就是了。」

那林家的答應著去了。這裡平兒帶了雪雁到了新房子裡，回明了，自去辦事。

……卻說雪雁看見這般光景，想起她家姑娘，也未免傷心，只是在賈母、鳳姐跟前不敢露出。因又想道：「也不知用我作什麼？我且瞧瞧。寶玉一日家和我們姑娘好的蜜裡調油，這時候總不見面了，也不知是真病假病。怕我們姑娘不依，他假說丟了玉，裝出傻子樣兒來，叫我們姑娘寒了心，他好娶寶姑娘的意思。我看看他去，看他見了我傻不傻。莫不成今兒還裝傻麼！」

一面想著，已溜到裡間屋子門口，偷偷兒的瞧。這時寶玉雖因失玉惛憒，但只聽見娶了黛玉為妻，真乃是從古至今、天上人間、第一件暢心滿意的事了，那身子頓覺健旺起來，只不過不似從前那般靈透，所以鳳姐的妙計，百發百中，巴不得即見黛玉。盼到今日完姻，真樂得手舞足蹈，雖有幾句傻話，卻與病時光景大相懸絕了。雪雁看了，又是生氣，又是傷心。她那裡曉得寶玉的心事，便各自走開。

……這裡寶玉便叫襲人快快給他裝新，坐在王夫人屋裡，看見鳳姐、尤氏忙忙碌碌，再盼不到吉時，只管問襲人道：「林妹妹打園裡來，為什麼這麼費事，還不來？」

襲人忍著笑道：「等好時辰就來。」

又聽見鳳姐與王夫人道：「雖然有服，外頭不用鼓樂，咱們南邊規矩要拜堂的，冷清清使不得。我傳了家內學過音樂、管過戲子的那些女人來吹打，熱鬧些。」

王夫人點頭說：「使得。」

……一時，大轎從大門進來，家裡細樂[10]迎出去，十二對宮燈排著進來，倒也新鮮雅致。儐相請了新人出轎。寶玉見新人蒙著蓋頭，喜娘[11]披著紅扶著。下首扶新人的你道是誰？原來就是雪雁。

寶玉看見雪雁，猶想：「因何紫鵑不來，倒是她呢？」又想道：「是了，雪雁原是她南邊家裡帶來的，紫鵑仍是我們家的，自然不必帶來。」因此，見了雪雁竟如見了黛玉的一

10. 細樂──用絲竹管弦等樂器所奏的輕清之樂。

11. 喜娘──舊時婚禮時照料新娘的婦女。

般歡喜。

……儐相贊禮，拜了天地。請出賈母受了四拜，後請賈政夫婦登堂行禮畢，送入洞房。還有坐床撒帳等事，俱是按金陵舊例。賈政原為賈母作主，不敢違拗，不信沖喜之說。那知今日寶玉居然像個好人一般，賈政見了，倒也喜歡。

……那新人坐了床，便要揭起蓋頭的，鳳姐早已防備，故請賈母、王夫人等進去照應。寶玉此時到底有些傻氣，便走到新人跟前說道：「妹妹身上好了？好些天不見了，蓋這勞什子做什麼？」欲待要揭去，反把賈母急出一身冷汗來。寶玉又轉念一想道：「林妹妹是愛生氣的，不可造次。」又歇了一歇，仍是按捺不住，只得上前揭了。喜娘接去蓋頭。雪雁走開，鶯兒等上來伺候。寶玉睜眼一看，好像寶釵，心裡不信，自己一手持燈，一手擦眼，一看，可不是寶釵麼！只見她盛妝艷服，豐肩愞[12]體，鬟低鬢嚲，眼瞤[13]息微。真是荷粉露垂，杏花煙潤了。寶玉發了一回怔，又見鶯兒立在旁邊，不見了雪雁。

寶玉此時心無主意，自己反以為是夢中了，呆呆的只管站著。眾人接過燈去，扶了寶玉，仍舊坐下，兩眼直視，半語全無。賈母恐他病發，親自扶他上床。鳳姐、尤氏請了寶釵進入裡間床上坐下，寶釵此時自然是低頭不語。

……寶玉定了一回神，見賈母、王夫人坐在那邊，便輕輕的叫襲人道：「我是在那裡呢？這不是做夢麼？」襲人道：「你今日好日子，什麼夢不夢的混說！老爺可在外頭呢。」

寶玉悄悄兒的拿手指著道：「坐在那裡這一位美人兒是誰？」

襲人握了自己的嘴，笑的說不出話來，歇了半日才說道：

12. 愞體—愞，古同懦。

13. 瞤（音順）—此指眼皮微動。

「是新娶的二奶奶。」眾人也都回過頭去，忍不住的笑。

寶玉又道：「好糊塗！妳說，二奶奶到底是誰？」

襲人道：「寶姑娘。」

寶玉道：「林姑娘呢？」

襲人道：「老爺作主娶的是寶姑娘，怎麼混說起林姑娘來？」

寶玉道：「我才剛看見林姑娘了麼，還有雪雁呢，怎麼說沒有。妳們這都是做什麼頑呢？」

鳳姐便走上來，輕輕的說道：「寶姑娘在屋裡坐著呢，別混說，回來得罪了她，老太太不依的。」

……寶玉聽了，這會子糊塗更利害了。本來原有惛憒的病，加以今夜神出鬼沒，更叫他不得主意，便也不顧別的了，口口聲聲只要找林妹妹去。

賈母等上前安慰，無奈他只是不懂。又有寶釵在內，又不好明說。知寶玉舊病復發，也不講明，只得滿屋裡點起安息香來，定住他的神魂，扶他睡下。

眾人鴉雀無聞，停了片時。寶玉便昏沉睡去，賈母等才得略略放心，只好坐以待旦，叫鳳姐去請寶釵安歇。寶釵置若罔聞，也便和衣在內暫歇。

賈政在外，未知內裡原由，只就方才眼見的光景想來，心下倒寬了。恰是明日就是起程的吉日，略歇了一歇，眾人賀喜送行。賈母見寶玉睡著，也回房去暫歇。

……次早，賈政辭了宗祠，過來拜別賈母，稟稱：「不孝遠離，惟願老太太順時頤養。兒子一到任所，即修稟[14]請安，不必掛念。寶玉的事，已經依了老太太完結，只求老太太訓誨。」

賈母恐賈政在路不放心，並不將寶玉復病的話說起，只說：

14. 修稟——這裡指給長輩寫信。

「我有一句話，寶玉昨夜完姻，並不是同房。今日你起身，必該叫他遠送才是。他因病沖喜，如今才好些，又是昨日一天勞乏，出來恐怕著了風。故此問你：你叫他送呢，我即刻去叫他；你若疼他，我就叫人帶了他來，你見見，叫他給你磕頭就算了。」

賈政道：「叫他送什麼？只要他從此以後認真念書，比送我還喜歡呢。」

賈母聽了，又放了一條心，便叫賈政坐著，叫鴛鴦去，如此如此，帶了寶玉，叫襲人跟著來。

……鴛鴦去了不多一會，果然寶玉來了，仍是叫他行禮。寶玉見了父親，神志略斂些，片時清楚，也沒什麼大差。賈政吩咐了幾句，寶玉答應了。賈政叫人扶他回去了，自己回到王夫人房中，又切實的叫王夫人管教兒子，斷不可如前嬌縱。明年鄉試，務必叫他下場。

王夫人一一的聽了，也沒提起別的，即忙命人扶了寶釵過來，行了新婦送行之禮，也不出房。其餘內眷俱送至二門而回。賈珍等也受了一番訓飭。大家舉酒送行，一班子弟及晚輩親友，直送至十里長亭[15]而別。

……不言賈政起程赴任。且說寶玉回來，舊病陡發，更加惛憒，連飲食也不能進了。未知性命如何，下回分解。

15. 十里長亭——古時設在遠郊大路旁供人休息的亭舍。

◎第九八回◎

苦絳珠魂歸離恨天
病神瑛淚灑相思地

……話說寶玉見了賈政，回至房中，更覺頭昏腦悶，懶待動彈，連飯也沒吃，便昏沉睡去。仍舊延醫診治，服藥不效，索性連人也認不明白了。大家扶著他坐起來，還是像個好人。一連鬧了幾天。

那日恰是回九[1]之期，若不過去，薛姨媽臉上過不去；若說去呢，寶玉這般光景。賈母明知是為黛玉而起，欲要告訴明白，又恐氣急生變；寶釵是新媳婦，又難勸慰，必得姨媽過來才好；若不回九，姨媽嗔怪。

便與王夫人、鳳姐商議道：「我看寶玉竟是魂不守舍。起動是不怕的。用兩乘小轎，叫人扶著，從園裡過去，應了回九的吉期，以後請姨媽過來安慰寶釵，咱們一心一意的調治寶玉，可不兩全？」王夫人答應了，即刻預備。

……幸虧寶釵是新媳婦，寶玉是個瘋傻的，由人掇弄[2]過去了。寶釵也明知其事，心裡只怨母親辦得糊塗，事已至此，不肯多言。獨有薛姨媽看見寶玉這般光景，心裡懊悔，只得草草完事。

……到家，寶玉越加沉重，次日連起坐都不能了。日重一日，甚至湯水不進，薛姨媽等忙了手腳，各處遍請名醫，皆不識病源。

只有城外破寺中住著個窮醫，姓畢別號知庵的，診得病源是悲喜激射，冷暖失調，飲食失時，憂忿滯中，正氣壅閉：此內傷外感之症。於是度量用藥，至晚服了，二更後，果然省些

1. 回九——舊謂新娘成婚九日後回娘家為回九。

2. 掇（音綽）弄——受人擺布。

人事，便要水喝。賈母、王夫人等才放了心，請了薛姨媽帶了寶釵，都到賈母那裡暫且歇息。

……寶玉片時清楚，自料難保，見諸人散後，房中只有襲人，因喚襲人至跟前，拉著手哭道：「我問妳，寶姐姐怎麼來的？我記得老爺給我娶了林妹妹過來，怎麼被寶姐姐趕了去了？她為什麼霸占住在這裡？我要說呢，又恐怕得罪了她。妳們聽見林妹妹哭得怎麼樣了？」

襲人不敢明說，只得說道：「林姑娘病著呢。」

寶玉又道：「我瞧瞧她去。」說著，要起來。豈知連日飲食不進，身子那能動轉，便哭道：「我要死了！我有一句心裡的話，只求妳回明老太太：橫豎林妹妹也是要死的，我如今也不能保，兩處兩個病人都要死的。

「死了越發難張羅，不如騰一處空房子，趁早將我同林妹妹兩個抬在那裡，活著也好一處醫治服侍，死了也好一處停放。妳依我這話，不枉了幾年的情分。」襲人聽了這些話，便哭的哽嗓氣噎。

……寶釵恰好同了鶯兒過來，也聽見了，便說道：「你放著病不保養，何苦說這些不吉利的話！老太太才安慰了些，你又生出事來。老太太一生疼你一個，如今八十多歲的人了，雖不圖你的封誥，將來你成了人，老太太也看著樂一天，也不枉了老人家的苦心。

「太太更是不必說了，一生的心血精神，撫養了你這一個兒子，若是半途死了，太太將來怎麼樣呢？我雖是命薄，也不至於此。

「據此三件看來，你便要死，那天也不容你死的，所以你是不得死的。只管安穩著，養個四五天後，風邪散了，太和正氣一足，自然這些邪病都沒有了。」

寶玉聽了，竟是無言可答，半晌，方才嘻嘻的笑道：「妳是好些時不和我說話了，這會子說這些大道理的話給誰聽？」

寶釵聽了這話，便又說道：「實告訴你說罷，那兩日你不知人事的時候，林妹妹已經亡故了。」

寶玉忽然坐起來，大聲詫異道：「果真死了嗎？」

寶釵道：「果真死了。豈有紅口白舌咒人死的呢！老太太、太太知道你姊妹和睦，你聽見她死了，自然你也要死，所以不肯告訴你！」

…寶玉聽了，不禁放聲大哭，倒在床上，忽然眼前漆黑，辨不出方向，心中正自恍惚，只見眼前好像有人走來。

寶玉茫然問道：「借問此是何處？」

那人道：「此陰司泉路。你壽未終，何故至此？」

寶玉道：「適聞有一故人已死，遂尋訪至此，不覺迷途。」

那人道：「故人是誰？」

寶玉道：「姑蘇林黛玉。」

那人冷笑道：「林黛玉生不同人，死不同鬼，無魂無魄，何處尋訪？凡人魂魄，聚而成形，散而為氣，生前聚之，死則散焉。常人尚無可尋訪，何況林黛玉呢？汝快回去罷。」

……寶玉聽了，呆了半晌，道：「既云死者散也，又如何有這個陰司呢？」

那人冷笑道：「那陰司說有便有，說無就無。皆為世俗溺於生死之說，設言以警世，便道上天深怒愚人，或不守分安常，或生祿未終，自行夭折；或嗜淫欲，尚氣逞凶，無故自殞者，特設此地獄，囚其魂魄，受無邊的苦，以償生前之罪。」

「汝尋黛玉，是無故自陷也。且黛玉已歸太虛幻境，汝若有心尋訪，潛心修養，自然有時相見。如不安生，即以自行夭折之罪，囚禁陰司，除父母外，欲圖一見黛玉，終不能矣。」

那人說畢，袖中取出一石，向寶玉心口擲來。寶玉聽了這話，又被這石子打著心窩，嚇得即欲回家，只恨迷了道路。

…正在躊躇，忽聽那邊有人喚他。回首看時，不是別人，正是賈母、王夫人、寶釵、襲人等圍繞哭泣叫著。自己仍舊躺在床上。

見案上紅燈，窗前皓月，依然錦繡叢中，繁華世界。定神一想，原來竟是一場大夢。渾身冷汗，覺得心內清爽。仔細一想，真正無可奈何，不過長嘆數聲而已。

…寶釵早知黛玉已死，因賈母等不許眾人告訴寶玉知道，恐添病難治。自己卻深知寶玉之病實因黛玉而起，失玉次之，故趁勢說明，使其一痛決絕，神魂歸一，庶可療治。賈母、王夫人等不知寶釵的用意，深怪她造次。後來見寶玉醒了過來，方才放心。立即到外書房請了畢大夫進來診視。那大夫進來診了脈，便道：「奇怪！這回脈氣沉靜，神安鬱散，明日進調理的藥，就可以望好了。」說著出去。眾人各自安心散去。

……襲人起初深怨寶釵不該告訴，惟是口中不好說出。鶯兒背地也說寶釵道：「姑娘忒性急了。」寶釵道：「妳知道什麼！好歹橫豎有我呢。」那寶釵任人誹謗，並不介意，只窺察寶玉心病，暗下針砭。

……一日，寶玉漸覺神志安定，雖一時想起黛玉，尚有糊塗。更有襲人緩緩的將「老爺選定的寶姑娘為人和厚，嫌林姑娘秉性古怪，原恐早夭。老太太恐你不知好歹，病中著急，所以叫雪雁過來哄你」的話，時常勸解。寶玉終是心酸落淚。欲待尋死，又想著夢中之言，又恐老太太、太太生氣，又不能撩開。又想黛玉已死，寶釵又是第一等人物，方信金石姻緣有定，自己也解了好些。

……寶釵看來不妨大事，於是自己心也安了，只在賈母、王夫人等前盡行過家庭之禮後，便設法以釋寶玉之憂。寶玉雖不能時常坐起，亦常見寶釵坐在床前，禁不住生來舊病。寶釵每以正言勸解，以「養身要緊，你我既為夫婦，豈在一時」之語安慰他。

那寶玉心裡雖不順遂，無奈日裡賈母、王夫人及薛姨媽等輪流相伴，夜間寶釵獨去安寢，賈母又派人服侍，只得安心靜養。又見寶釵舉動溫柔，也就漸漸的將愛慕黛玉的心腸略移在寶釵身上。此是後話。

※　※　※

⋯⋯卻說寶玉成家的那一日，黛玉白日已昏暈過去，卻心頭口中一絲微氣不斷，把個李紈和紫鵑哭的死去活來。到了晚間，黛玉卻又緩過來了，微微睜開眼，似有要水要湯的光景。此時雪雁已去，只有紫鵑和李紈在旁。紫鵑便端了一盞桂圓湯和的梨汁，用小銀匙灌了兩三匙。黛玉閉著眼，靜養了一會子，覺得心裡似明似暗的。此時李紈見黛玉略緩，明知是迴光反照的光景，卻料著還有一半天耐頭，自己回到稻香村，料理了一回事情。

⋯⋯這裡，黛玉睜開眼一看，只有紫鵑和奶媽並幾個小丫頭在那裡，便一手攥了紫鵑的手，使著勁說道：「我是不中用的人了！妳服侍我幾年，我原指望咱們兩個總在一處，不想我……」說著，又喘了一會子，閉了眼歇著。

紫鵑見她攥著不肯鬆手，自己也不敢挪動，看她的光景比早半天好些，只當還可以回轉，聽了這話，又寒了半截。

半天，黛玉又說道：「妹妹，我這裡並沒親人，我的身子是乾淨的，妳好歹叫他們送我回去。」說到這裡，又閉了眼不言語了。那手卻漸漸緊了，喘成一處，只是出氣大，入氣小，已經促疾[3]的很了。

……紫鵑忙了，連忙叫人請李紈，可巧探春來了。紫鵑見了，忙悄悄的說道：「三姑娘，瞧瞧林姑娘罷！」說著，淚如雨下。探春過來，摸了摸黛玉的手，已經涼了，連目光也都散了。

探春、紫鵑正哭著叫人端水來給黛玉擦洗，李紈趕忙進來了。

3.促疾——急促。

三個人才見了，不及說話。剛擦著，猛聽黛玉直聲叫道：「寶玉，寶玉！你好……」說到「好」字，便渾身冷汗，不作聲了。

紫鵑等急忙扶住，那汗愈出，身子便漸漸的冷了。探春、李紈叫人亂著攏頭穿衣，只見黛玉兩眼一翻，嗚呼！

香魂一縷隨風散，愁緒三更入夢遙！

……當時黛玉氣絕，正是寶玉娶寶釵的這個時辰。紫鵑等都大哭起來。李紈、探春想她素日的可疼，今日更加可憐，也便傷心痛哭。

因瀟湘館離新房子甚遠，所以那邊並沒聽見。一時，大家痛哭了一陣，只聽得遠遠一陣音樂之聲，側耳一聽，卻又沒有了。探春、李紈走出院外再聽時，惟有竹梢風動，月影移牆，好不淒涼冷淡！一時叫了林之孝家的過來，將黛玉停放畢，派人看守，等明早去回鳳姐。

……鳳姐因見賈母、王夫人等忙亂，賈政起身，又為寶玉惛憒更甚，正在著急異常之時，若是又將黛玉的凶信一回，恐賈母、王夫人愁苦交加，急出病來，只得親自到園。到了瀟湘館內，也不免哭了一場。

見了李紈、探春，知道諸事齊備，便說：「很好。只是剛才妳們為什麼不言語，叫我著急？」

探春道：「剛才送老爺，怎麼說呢？」

鳳姐道：「還倒是妳們兩個可憐她些。這麼著，我還得那邊去招呼那個冤家呢。但是，這件事好累墜[4]。若是今日不回，使不得，若回了，恐怕老太太擱不住。」

李紈道：「去見機行事，得回再回方好。」鳳姐點頭，忙忙的去了。

4. **累墜**—同累贅，拖累、麻煩之意。

……鳳姐到了寶玉那裡，聽見大夫說不妨事，賈母、王夫人略覺放心，鳳姐便背了寶玉，緩緩的將黛玉的事回明了。賈母、王夫人聽得，都唬了一大跳。賈母眼淚交流，說道：「是我弄壞了她了。但只是這個丫頭也忒傻氣！」說著，便要到園裡去哭她一場，又惦記著寶玉，兩頭難顧。

王夫人等含悲共勸賈母：「不必過去，老太太身子要緊。」

……賈母無奈，只得叫王夫人自去。又說：「妳替我告訴她的陰靈：並不是我忍心不來送妳，只為有個親疏。妳是我的外孫女兒，是親的了；若與寶玉比起來，可是寶玉比妳更親些。倘寶玉有些不好，我怎麼見他父親呢。」說著，又哭起來。

王夫人勸道：「林姑娘是老太太最疼的，但只壽夭有定。如今已經死了，無可盡心，只是葬禮上要上等的發送。一則可以少盡咱們的心，二則就是姑太太和外甥女兒的陰靈兒也可以少安了。」賈母聽到這裡，越發痛哭起來。

……鳳姐恐怕老人家傷感太過，明仗著寶玉心中不甚明白，便偷偷的使人來撒個謊兒，哄老太太道：「寶玉那裡找老太太呢。」

賈母聽見，才止住淚問道：「不是又有什麼緣故？」

鳳姐陪笑道：「沒什麼緣故，他大約是想老太太的意思。」賈母連忙扶了珍珠兒，鳳姐也跟著過來。

……走至半路，正遇王夫人過來，一一回明了賈母。

賈母自然又是哀痛的，只因要到寶玉那邊，只得忍淚含悲的說道：「既這麼著，我也不過去了。由你們辦罷，我看著心裡也難受，只別委曲了她就是了。」王夫人、鳳姐一一答應了。

賈母才過寶玉這邊來，見了寶玉，因問：「你做什麼找我？」寶玉笑道：「我昨日晚上看見林妹妹來了，她說要回南去。我想沒人留的住，還得老太太給我留一留她。」

賈母聽著，說：「使得，只管放心罷。」襲人因扶寶玉躺下。

賈母出來，到寶釵這邊來。

……那時，寶釵尚未回九，所以每每見了人，倒有些含羞之意。這一天，見賈母滿面淚痕，遞了茶，賈母叫她坐下。寶釵側身陪著坐了，才問道：「聽得林妹妹病了，不知她可好些了？」

賈母聽了這話，那眼淚止不住流下來，因說道：「我的兒，我告訴妳，妳可別告訴寶玉。都是因妳林妹妹，才叫妳受了多少委屈！

「妳如今作媳婦了，我才告訴妳：這如今妳林妹妹沒了兩三天了，就是娶妳的那個時辰死的。如今寶玉這一番病，還是為著這個。妳們先都在園子裡，自然也都是明白的。」

寶釵把臉飛紅了，想到黛玉之死，又不免落下淚來。賈母又說了一回話，去了。

……自此，寶釵千回萬轉，想了一個主意，只不肯造次；所以過了回九，才想出這個法子來。如今果然好些，然後大家說話才不至似前留神。

※……※……※

……獨是寶玉雖然病勢一天好似一天，他的痴心總不能解，必要親去哭她一場。賈母等知他病未除根，不許他胡思亂想，怎奈他鬱悶難堪，病多反覆。倒是大夫看出心病，索性叫他開散了，再用藥調理，倒可好得快些。

寶玉聽說，立刻要往瀟湘館來。賈母等只得叫人抬了竹椅子過來，扶寶玉坐上。賈母、王夫人即便先行。

……到了瀟湘館內，一見黛玉靈柩，賈母已哭得淚乾氣絕。鳳姐等再三勸住。王夫人也哭了一場。李紈便請賈母、王夫人在裡間歇著，猶自落淚。

……寶玉一到，想起未病之先，來到這裡，今日屋在人亡，不禁嚎啕大哭。想起從前何等親密，今日死別，怎不更加傷感！眾人原恐寶玉病後過哀，都來解勸，寶玉已經哭得死去活來。大家攙扶歇息。其餘隨來的，如寶釵，俱極痛哭。

……獨是寶玉必要叫紫鵑來見，問明姑娘臨死有何話說。紫鵑本來深恨寶玉，見如此，心裡已回過來些，又見賈母、王夫人都在這裡，不敢灑落[5]寶玉，便將林姑娘怎麼復病，怎麼燒毀帕子，焚化詩稿，並將臨死說的話，一一的都告訴了。寶玉又哭得氣噎喉乾。

……探春趁便又將黛玉臨終囑咐帶柩回南的話也說了一遍。賈母、王夫人又哭起來。多虧鳳姐能言勸慰，略略止些，便請賈母等回去。寶玉那裡肯捨，無奈賈母逼著，只得勉強回房。

……賈母有了年紀的人，打從寶玉病起，日夜不寧，今又大痛一陣，已覺頭暈身熱。雖是不放心惦著寶玉，卻也掙扎不住，回到自己房中睡下。

王夫人更加心痛難禁，也便回去，派了彩雲幫著襲人照應，並說：「寶玉若再悲戚，速來告訴我們。」

5. 灑落——責備，怠慢。

寶釵是知寶玉一時必不能捨，也不相勸，只用諷刺的話說他。寶玉倒恐寶釵多心，也便飲泣收心。歇了一夜，倒也安穩。

…明日一早，眾人都來瞧他，但覺氣虛身弱，心病倒覺去了幾分。於是加意調養，漸漸的好起來。賈母幸不成病，惟是王夫人心痛未痊。那日薛姨媽過來探望，看見寶玉精神略好，也就放心，暫且住下。

…一日，賈母特請薛姨媽過去商量，說：「寶玉的命，都虧姨太太救的，如今想來不妨了，獨委曲了妳的姑娘。如今寶玉調養百日，身體復舊，又過了姑娘的功服，正好圓房。要求姨太太作主，另擇個上好的吉日。」

薛姨媽便道：「老太太主意很好，何必問我？寶丫頭雖生的粗笨，心裡卻還是極明白的。她的性情，老太太素日是知道的。但願他們兩口兒言和意順，從此老太太也省好些心，我姐姐也安慰些，我也放了心了。老太太便定個日子，還通知親戚不用呢？」

……賈母道：「寶玉和妳們姑娘生來第一件大事，況且費了多少周折，如今才得安逸，必要大家熱鬧幾天。親戚都要請的。一來酬願，二則咱們吃杯喜酒，也不枉我老人家操了好些心。」

薛姨媽聽說，自然也是喜歡的，便將要辦妝奩的話也說了一番。

賈母道：「咱們親上做親，我想也不必這些。若說動用的，他屋裡已經滿了。必定寶丫頭她心愛的，要妳幾件，姨太太就拿了來。我看寶丫頭也不是多心的人，不比的我那外孫女兒的脾氣，所以她不得長壽。」說著，連薛姨媽也便落淚。

⋯恰好鳳姐進來，笑道：「老太太、姑媽又想著什麼了？」

薛姨媽道：「我和老太太說起妳林妹妹來，所以傷心。」

鳳姐笑道：「老太太和姑媽且別傷心，我剛才聽了個笑話兒來了，意思說給老太太和姑媽聽。」

賈母拭了拭眼淚，微笑道：「妳又不知要編派誰呢？妳說來，我和姨太太聽聽。說不笑，我們可不依。」

⋯只見那鳳姐未從張口，先用兩隻手比著，笑彎了腰了。未知她說出些什麼來，下回分解。

◎第九九回◎

守官箴[1]惡奴同破例
閱邸報老舅自擔驚

……話說鳳姐見賈母和薛姨媽為黛玉傷心，便說：「有個笑話兒說給老太太和姑媽聽。」未曾開口，先自笑了，因說道：「老太太和姑媽打諒是那裡的笑話兒？就是咱們家的那二位新姑爺、新媳婦啊！」

賈母道：「怎麼了？」

鳳姐拿手比著道：「一個這麼坐著，一個這麼站著；一個這麼扭過去，一個這麼轉過來。一個又……」

說到這裡，賈母已經大笑起來，說道：「妳好生說罷，倒不是他們兩口兒，妳倒把人慪的受不得了。」

薛姨媽也笑道：「妳往下直說罷，不用比

了。」

……鳳姐才說道：「剛才我到寶兄弟屋裡，我聽見好幾個人笑。我只道是誰，巴著窗戶眼兒一瞧，原來寶妹妹坐在炕沿上，寶兄弟站在地下。寶兄弟拉著寶妹妹的袖子，口口聲聲只叫：『寶姐姐，妳為什麼不會說話了？妳這麼說一句話，我的病包管全好。』寶妹妹卻扭著頭，只管躲。

「寶兄弟卻作了一個揖，上前又拉寶妹妹的衣服。寶妹妹急得一扯，寶兄弟自然病後是腳軟的，索性一撲，撲在寶妹妹身上了。寶妹妹急得紅了臉，說道：『你越發比先不尊重了。』」說到這裡，賈母和薛姨媽都笑起來。

……鳳姐又道：「寶兄弟便立起身來，笑道：『虧了跌了這一跤，好容易才跌出妳的話來了。』」

1. 官箴（音珍）——本指古代百官規勸帝王過失的箴辭，後來成為對官吏的箴言誡辭的冷稱。

薛姨媽笑道：「這是寶丫頭古怪。這有什麼的，既作了兩口兒，說說笑笑的怕什麼？她沒見她璉二哥和妳。」

鳳姐兒笑道：「這是怎麼說呢？我饒說笑話給姑媽解悶兒，姑媽反倒拿我打起卦[2]來了！」

賈母也笑道：「要這麼著才好。夫妻固然要和氣，也得有個分寸兒。我愛寶丫頭就在這尊重上頭。只是我愁著寶玉還是那麼傻頭傻腦的，這麼說起來，比頭裡竟明白多了。妳再說說，還有什麼笑話兒沒有？」

鳳姐道：「明兒寶玉圓了房，親家太太抱了外孫子，那時候不更是笑話兒了麼？」

……賈母笑道：「猴兒！我在這裡同著姨太太想妳林妹妹，妳來慪個笑兒還罷了，怎麼臊起皮來了。妳不叫我們想妳林妹妹，妳不用太高興了，妳林妹妹恨妳，將來不要獨自一個到

2. 打卦——打趣，開玩笑。

園裡去，提防她拉著妳不依。」

鳳姐笑道：「她倒不怨我。她臨死咬牙切齒，倒恨著寶玉呢。」賈母、薛姨媽聽著，還道是頑話兒，也不理會，便道：「妳別胡拉扯了。妳去叫外頭挑個很好的日子給妳寶兄弟圓了房兒罷。」鳳姐去了，擇了吉日，重新擺酒唱戲請親友。這不在話下。

……卻說寶玉雖然病好復原，寶釵有時高興，翻書觀看，談論起來，寶玉所有眼前常見的，尚可記憶，若論靈機，大不似從前活變了，連他自己也不解。

寶釵明知是「通靈」失去，所以如此。倒是襲人時常說他：「你何故把從前的靈機都忘了？那些舊毛病忘了才好，為什麼你的脾氣還覺照舊，在道理上更糊塗了呢？」寶玉聽了，並不生氣，反是嘻嘻的笑。

…有時寶玉順性胡鬧，多虧寶釵勸說，諸事略覺收斂些。襲人倒可少費些唇舌，惟知悉心服侍。別的丫頭素仰寶釵貞靜和平，各人心服，無不安靜。只有寶玉到底是愛動不愛靜的，時常要到園裡去逛。

賈母等一則怕他招受寒暑，二則恐他觸景傷情，雖黛玉之柩已寄放城外庵中，然而瀟湘館依然人亡屋在，不免勾起舊病來，所以也不使他去。

…況且親戚姊妹們如寶琴已回到薛姨媽那邊去了；史湘雲因史侯回京，也接了家去了，又有了出嫁的日子，所以不大常來。只有寶玉娶親那一日，與吃喜酒這天，來過兩次，也只在賈母那邊住下。為著寶玉已經娶過親的人，又想自己就要出嫁的，也不肯如從前的詼諧談笑，就是有時過來，也只和寶釵說話，見了寶玉，不過問好而已。

那邢岫煙卻是因迎春出嫁之後，便隨著邢夫人過去；李家姊妹也另住在外，即同著李嬸娘過來，亦不過到太太們與姊妹們處請安問好，即回到李紈那裡略住一兩天就去了：所以園內的只有李紈、探春、惜春了。

賈母還要將李紈等挪進來，為著元妃薨後，家中事情接二連三，也無暇及此。現今天氣一天熱似一天，園裡尚可住得，等到秋天再挪。此是後話，暫且不提。

※……※……※

……且說賈政帶了幾個在京請的幕友，曉行夜宿，一日到了本省，見過上司，即到任拜印受事，便查盤各屬州縣糧米倉庫。賈政向來作京官，只曉得郎中事務都是一景兒[3]的事情，就是外任，原是學差，也無關於吏治上。所以外省州縣折收糧米，勒索鄉愚，這些弊端，雖也聽見別人講究，卻未嘗身親

3. 一景兒——一樣，同類。

其事，只有一心做好官。便與幕賓商議，出示嚴禁，並諭以一經查出，必定詳參揭報。

初到之時，果然胥吏畏懼，便百計鑽營，偏遇賈政這般古執[4]。那些家人跟了這位老爺在都中一無出息，好容易盼到主人放了外任，便在京指著在外發財的名頭向人借貸，做衣裳裝體面，心裡想著到了任，銀錢是容易的了。不想這位老爺呆性發作，認真要查辦起來，州縣饋送一概不受。門房簽押等人心裡盤算道：「我們再挨半個月，衣服也要當完了。債又逼起來，那可怎麼樣好呢？眼見得白花花的銀子，只是不能到手。」

那些長隨[5]也道：「你們爺們到底還沒花什麼本錢來的。我們才冤，花了若干的銀子打了個門子，來了一個多月，連半個錢也沒見過！想來跟這個主兒是不能撈本兒的了。明兒我們齊打夥兒告假去。」次日，果然聚齊，都來告假。

4. 古執——古板執著。

5. 長隨——官府雇用的僕役。

賈政不知就裡，便說：「要來也是你們，要去也是你們。既嫌這裡不好，就都請便。」那些長隨怨聲載道而去。

……只剩下些家人，又商議道：「他們可去的去了，我們去不了的，到底想個法兒才好。」

內中有一個管門的叫李十兒，便說：「你們這些沒能耐的東西，著什麼忙！我見這『長』字號兒的在這裡，不犯給他出頭。如今都餓跑了，瞧瞧你十太爺的本領，少不得本主兒依我。只是要你們齊心，打夥兒弄幾個錢，回家受用；若不隨我，我也不管了，橫豎拚得過你們。」

眾人都說：「好十爺！你還主兒信得過。若你不管，我們實在是死症了。」

李十兒道：「不要我出了頭，得了銀錢，又說我得了大分兒了。窩兒裡反起來，大家沒意思。」

眾人道：「你萬安，沒有的事。就沒有多少，也強似我們腰裡掏錢。」

…正說著，只見糧房書辦走來找周二爺。李十兒坐在椅子上，蹺著一隻腿，挺著腰，說道：「找他做什麼？」書辦便垂手陪著笑，說道：「本官到了一個多月的任，這些州縣太爺見得本官的告示利害，知道不好說話，到了這時侯，都沒有開倉。若是過了漕，你們太爺們來做什麼的？」李十兒道：「你別混說！老爺是有根蒂的，說到那裡是要辦到那裡。這兩天原要行文催兌，因我說了緩幾天，才歇的。你到底找我們周二爺做什麼？」書辦道：「原為打聽催文的事，沒有別的。」李十兒道：「越發胡說！方才我說催文，你就信嘴胡謅。可別鬼鬼祟祟來講什麼賑，我叫本官打了你，退你！」

書辦道：「我在這衙門內已經三代了，外頭也有些體面，家裡還過得，就規規矩矩伺侯本官陞了還能夠，不像那些等米下鍋的。」

說著，回了一聲：「二太爺，我走了。」

……李十兒便站起，堆著笑說：「這麼不禁頑，幾句話就臉急了。」

書辦道：「不是我臉急，若再說什麼，豈不帶累了二太爺的清名呢？」

李十兒過來拉著書辦的手，說：「你貴姓啊？」

書辦道：「不敢，我姓詹，單名是個會字，從小兒也在京裡混了幾年。」

李十兒道：「詹先生，我是久聞你的名的。我們兄弟們是一樣的，有什麼話，晚上到這裡，咱們說一說。」

書辦也說：「誰不知道李十太爺是能事的，把我一詐就嚇毛了。」大家笑著走開。那晚便與書辦咕唧了半夜。第二天，拿話去探賈政，被賈政痛罵了一頓。

……隔一天拜客，裡頭吩咐伺候，外頭答應了。停了一會子，打點已經三下了，大堂上沒有人接鼓。好容易叫個人來打了鼓。賈政踱出暖閣，站班喝道的衙役只有一個。

賈政也不查問，在墀下上了轎，等轎夫又等了好一回，來齊了，抬出衙門，那個炮只響得一聲。吹鼓亭的鼓手只有一個打鼓，一個吹號筒。賈政便也生氣，說：「往常還好，怎麼今兒不齊集至此？」抬頭看那執事，卻是攙前落後。

勉強拜客回來，便傳誤班的要打。有的說因沒有帽子誤的；有的說是號衣當了誤的；又有的說是三天沒吃飯抬不動。賈政生氣，打了一兩個，也就罷了。

……隔一天，管廚房的上來要錢，賈政帶來銀兩付了。以後便覺樣樣不如意，比在京的時候倒不便了好些。

無奈，便喚李十兒問道：「我跟來這些人，怎樣都變了？你也管管。現在帶來銀兩，早使沒有了，藩庫[6]俸銀尚早，該打發京裡取去。」

李十兒稟道：「奴才那一天不說他們？不知道怎麼樣，這些人都是沒精打彩的，叫奴才也沒法兒。老爺說家裡取銀子，取多少？現在打聽節度衙門這幾天有生日，別的府道老爺都上千上萬的送了，我們到底送多少呢？」

賈政道：「為什麼不早說？」

李十兒說：「老爺最聖明的。我們新來乍到，又不與別位老爺很來往，誰肯送信？巴不得老爺不去，便好想老爺的美缺。」

賈政道：「胡說！我這官是皇上放的，不與節度做生日，便叫我不做不成！」

6. 藩庫——即省庫。

李十兒笑著回道：「老爺說的也不錯。京裡離這裡很遠，凡百的事，都是節度奏聞。他說好便好，說不好便吃不住。到得明白，已經遲了。就是老太太、太太們，那個不願意老爺在外頭烈烈轟轟的做官呢？」

……賈政聽了這話，也自然心裡明白，道：「我正要問你，為什麼都說起來？」

李十兒回說：「奴才本不敢說。老爺既問到這裡，若不說，是奴才沒良心；若說了，少不得老爺又生氣。」

賈政道：「只要說得在理。」

李十兒說道：「那些書吏衙役，都是花了錢買著糧道的衙門，那個不想發財？俱要養家活口。自從老爺到了任，並沒見為國家出力，倒先有了口碑載道。」

賈政道：「民間有什麼話？」

李十兒道：「百姓說，凡有新到任的老爺，告示出得愈利害，愈是想錢的法兒。州縣害怕了，好多多的送銀子。收糧的時候，衙門裡便說，新道爺的法令，明是不敢要錢，這一難留叨蹬[7]，那些鄉民心裡願意花幾個錢，早早了事。所以那些人不說老爺好，反說不諳民情。便是本家大人，是老爺最相好的，他不多幾年，已巴到極頂的分兒，也只為識時達務，能夠上和下睦罷了。」

……賈政聽到這話，道：「胡說！我就不識時務嗎？若是上和下睦，叫我與他們貓鼠同眠嗎？」

李十兒回說道：「奴才為著這點忠心兒掩不住，才這麼說，若是老爺就是這樣做去，到了功不成、名不就的時侯，老爺又說奴才沒良心，有什麼話，不告訴老爺了。」

7. 叨蹬——囉嗦，找麻煩。

……賈政道：「依你怎麼做才好？」

李十兒道：「也沒有別的，趁著老爺的精神年紀，裡頭的照應，老太太的硬朗，為顧著自己就是了。不然，到不了一年，老爺家裡的錢也都貼補完了，還落了自上至下的人抱怨，都說老爺是做外任的，自然弄了錢藏著受用。倘遇著一兩件為難的事，誰肯幫著老爺？那時辯也辯不清，悔也悔不及。」

……賈政道：「據你一說，是叫我做貪官嗎？送了命還不要緊，必定將祖父的功勳抹了才是？」

李十兒回稟道：「老爺極聖明的人，沒看見舊年犯事的幾位老爺嗎？這幾位都與老爺相好，老爺常說是個做清官的，如今名在那裡？現有幾位親戚，老爺向來說他們不好的，如今陞的陞、遷的遷，只在要做的好就是了。

「老爺要知道，民也要顧，官也要顧。若是依著老爺，不准州縣得一個大錢，外頭這些差使誰辦？只要老爺外面還是這樣清名聲原好，裡頭的委屈，只要奴才辦去，關礙不著老爺的。奴才跟主兒一場，到底也要掏出忠心來。」

賈政被李十兒一番言語，說得心無主見，道：「我是要保性命的，你們鬧出來，不與我相干！」說著，便踱了進去。

……李十兒便自己做起威福，鉤連內外一氣的哄著賈政辦事，反覺得事事周到，件件隨心。所以賈政不但不疑，反多相信。便有幾處揭報，上司見賈政古樸忠厚，也不查察。惟是幕友們耳目最長，見得如此，得便用言規諫，無奈賈政不信，也有辭去的，也有與賈政相好，在內維持的。於是，漕務事畢，尚無隕越[8]。

8. **隕越**——這裡比喻失敗、丟官。

……一日，賈政無事，在書房中看書。簽押上呈進一封書子，外面官封，上開著：「鎮守海門等處總制公文一角，飛遞江西糧道衙門。」賈政拆封看時，只見上寫道：

金陵契好，桑梓情深。昨歲供職來都，竊喜常依座右。仰蒙雅愛，許結朱陳，至今佩德勿諼。祇因調任海疆，未敢造次奉求，衷懷歉仄，自嘆無緣。今幸棨戟[9]遙臨，快慰平生之願。正申燕賀，先蒙翰教，邊帳光生，武夫額手。雖隔重洋，尚叨樾蔭[10]。想蒙不棄卑寒，希望蔦蘿之附。小兒已承青盼，淑媛素仰芳儀。如蒙踐諾，即遣冰人[11]。途路雖遙，一水可通。不敢云百輛之迎，敬備仙舟以俟。茲修寸幅，恭賀陞祺，並求金允。臨穎不勝待命之至。

※……※……※……

9. 棨（音啟）戟——有繒衣或油漆的木戟。古代官吏所用的儀仗，出行時作為前導，後亦列於門庭。

10. 樾蔭——蔭庇。

11. 冰人——媒人。

世弟周瓊頓首。

賈政看了，心想：「兒女姻緣，果然有一定的。舊年因見他就了京職，又是同鄉的人，素來相好，又見那孩子長得好，在席間原提起這件事。因未說定，也沒有與她們說起。後來他調了海疆，大家也不說了。不料我今陞任至此，他寫書來問。我看起門戶卻也相當，與探春倒也相配。但是我並未帶家眷，只可寫字與他商議。」正在躊躇，只見門上傳進一角文書，是議取到省會議事件。賈政只得收拾上省，候節度派委。

……一日在公館閒坐，見桌上堆著一堆字紙，賈政一一看去，見刑部一本：「為報明事，會看得金陵籍行商薛蟠……」

賈政便吃驚道：「了不得，已經提本了！」隨用心看下去，是

「薛蟠毆傷張三身死，串囑屍證，捏供誤殺一案。」

賈政一拍桌道：「完了！」只得又看，底下是：

據京營節度使咨[12]稱：緣薛蟠籍隸金陵，行過太平縣，在李家店歇宿，與店內當槽之張三素不相認。於某年月日，薛蟠令店主備酒邀請太平縣民吳良同飲，令當槽張三取酒。因酒不甘，薛蟠令換好酒。張三因稱酒已沽定難換。

薛蟠因伊倔強，將酒照臉潑去，不期去勢甚猛，恰值張三低頭拾箸，一時失手，將酒碗擲在張三囟門，皮破血出，逾時殞命。李店主趨救不及，隨向張三之母告知。伊母張王氏往看，見已身死，隨喊稟地保，赴縣呈報。前署縣詣驗，仵作將骨破一寸三分及腰眼一傷，漏報填格，詳府審轉。看得薛蟠實係潑酒失手，擲碗誤傷張三身死，將薛蟠照過失殺人，准鬥殺罪收贖。等因前來。

12. 咨——咨文，舊時用於同級機關的公文。

臣等細閱各犯證屍親前後供詞不符，且查鬥殺律注云：「相爭為鬥，相打為毆。必實無爭鬥情形，邂逅身死，方可以過失殺定擬。」應令該節度審明實情，妥擬具題。今據該節度疏稱：薛蟠因張三不肯換酒，醉後拉著張三右手，先毆腰眼一拳。張三被毆回罵，薛蟠將碗擲出，致傷囟門深重，骨碎腦破，立時殞命。是張三之死實由薛蟠以酒碗砸傷深重致死，自應以薛蟠擬抵，將薛蟠依鬥殺律擬絞監候，吳良擬以杖徒。承審不實之府州縣應請……

以下注著：「此稿未完。」賈政因薛姨媽之托，曾托過知縣，若請旨革審起來，牽連著自己，好不放心。即將下一本開看，偏又不是。只好翻來覆去將報看完，終沒有接這一本的，心中狐疑不定，更加害怕起來。

……正在納悶，只見李十兒進來：「請老爺到官廳伺候去，大人衙門已經打了二鼓了。」賈政只是發怔，沒有聽見。李十兒又請了一遍。

賈政道：「這便怎麼處？」

李十兒道：「老爺有什麼心事？」賈政將看報之事說了一遍。

李十兒道：「老爺放心。若是部裡這麼辦了，還算便宜薛大爺呢！奴才在京的時候聽見，薛大爺在店裡叫了好些媳婦，都喝醉了生事，直把個當槽兒的活活打死的。奴才聽見不但是托了知縣，還求璉二爺去花了好些錢，各衙門打通了，才提的，不知道怎麼部裡沒有弄明白。

「如今就是鬧破了，也是官官相護的，不過認個承審不實，革職處分罷，那裡還肯認得銀子聽情呢？老爺不用想，等奴才再打聽罷。不要誤了上司的事。」

賈政道：「你們那裡知道！只可惜那知縣聽了一個情，把這個官都丟了，還不知道有罪沒有呢！」
李十兒道：「如今想他也無益，外頭伺候著好半天了，請老爺就去罷。」
……賈政不知節度傳辦何事，且聽下回分解。

◎第一〇〇回◎

破好事香菱結深恨
悲遠嫁寶玉感離情

……話說賈政去見了節度，進去了半日，不見出來，外頭議論不一。李十兒在外也打聽不出什麼事來，便想到報上的饑荒，實在也著急。

好容易聽見賈政出來了，便迎上跟著，等不得回去，在無人處便問：「老爺進去了這半天，有什麼要緊的事？」

賈政笑道：「並沒有事。只為鎮海總制是這位大人的親戚，有書來囑託照應我，所以說了些好話。又說，我們如今也是親戚了。」

李十兒聽得，心內喜歡，不免又壯了些膽子，便竭力慫恿賈政許這親事。

……賈政心想，薛蟠的事到底有什麼罣礙，在外頭信息不早，難以打點，故回到本任來，便打發家人進京打聽，順便將總制求親之事回明賈母，如若願意，即將三姑娘接到任所。家人奉命趕到京中，回明了王夫人，便在吏部打聽得賈政並無處分，惟將署太平縣的這位老爺革職。即寫了稟帖，安慰了賈政，然後住著等信。

……且說薛姨媽為著薛蟠這件人命官司，各衙門內不知花了多少銀錢，才定了誤殺具題。原打量將當鋪折變給人，備銀贖罪，不想刑部駁審，又托人花了好些錢，總不中用，依舊定了個死罪，監著守候秋天大審。薛姨媽又氣又疼，日夜啼哭。

寶釵雖時常過來勸解，說是：「哥哥本來沒造化，承受了祖父這些家業，就該安安頓頓的守著過日子。在南邊已經鬧的不像樣，便是香菱那件事情，就了不得。因為仗著親戚們的勢力，花了些銀錢，這算白打死一個公子。哥哥就該改過，做起正經人來，也該奉養母親才是，不想進了京仍是這樣。

「媽媽為他，不知受了多少氣，哭掉了多少眼淚。給他娶了親，原想大家安安逸逸的過日子，不想命該如此，偏偏娶的嫂子又是一個不安靜的，所以哥哥躲出門去。真正俗語說的，『冤家路兒狹』，不多幾天就鬧出人命來了。

「媽媽和二哥哥也算不得不盡心的了，花了銀錢不算，自己還求三拜四的謀幹。無奈命裡應該，也算自作自受。大凡養兒女，是為著老來有靠，便是小戶人家，還要掙一碗飯養活母親；那裡有將現成的鬧光了，反害得老人家哭得死去活來的。

「不是我說，哥哥的這樣行為，不是兒子，竟是個冤家對頭。媽媽再不明白，明哭到夜，夜哭到明，又受嫂子的氣。我又不能常在家裡勸解。我看見媽媽這樣，那裡放得下心！他雖說是傻，也不肯叫我回去。

「前兒老爺打發人回來說，看見京報，唬得了不得，所以才叫人來打點的。我想，哥哥鬧了事，擔心的人也不少。幸虧我還是在跟前的一樣；若是離鄉調遠聽見了這個信，只怕我想媽媽也就想殺了。

「我求媽媽暫且養養神，趁哥哥的活口現在，問問各處的賬目。人家該咱們的，咱們該人家的，亦該請個舊夥計來算一算，看看還有幾個錢沒有。」

……薛姨媽哭著說道：「這幾天，為鬧妳哥哥的事，妳來了，不是妳勸我，就是我告訴妳衙門的事。妳還不知道，京裡的官商名字已經退了，兩個當鋪已經給了人家，銀子早拿來使完了。還有一個當鋪，管事的逃了，虧空了好幾千兩銀子，也夾在裡頭打官司。

「你二哥哥天天在外頭要賬，料著京裡的賬已經去了幾萬銀子，只好拿南邊公分裡銀子和住房折變才夠。前兩天還聽見一個荒信[1]，說是南邊的公分當鋪也因為折了本兒收了。要是這麼著，妳娘的命可就活不成了！」說著，又大哭起來。

……寶釵也哭著勸道：「銀錢的事，媽媽操心也不中用，還有二哥哥給我們料理。單可恨這些夥計們，見咱們的勢頭兒敗了，各自奔各自的去也罷了，我還聽見說幫著人家來擠我們的訛頭[2]。可見我哥哥活了這麼大，交的人總不過是酒肉朋友，急難中是一個沒用的。

「媽媽要是疼我，聽我的話：有年紀的人自己保重些；媽媽這一輩子想來還不至挨凍受餓。家裡這點子衣裳傢伙，只好任憑嫂子去，那是沒法兒的了。所有的家人老婆們，瞧他們也

1. 荒信——不確定或沒有經過證實的消息。

2. 訛頭——把柄。

沒心在這裡了，該去的叫他們去。只可憐香菱苦了一輩子，只好跟著媽媽。

「實在短什麼，我要是有的，還可以拿些個來；料我們那個也沒有不依的。就是襲姑娘也是心術正道，她聽見咱們家的事，她倒提起媽媽來就哭。我們那一個還道是沒事的，所以不大著急；若聽見了，也是要唬個半死兒的。」

……薛姨媽不等說完，便說：「好姑娘！妳可別告訴他！他為一個林姑娘，幾乎沒要了命，如今才好了些。要是他急出個原故來，不但妳添一層煩惱，我越發沒了依靠了！」

寶釵道：「我也是這麼想，所以總沒告訴他。」

……正說著，只聽見金桂跑來外間屋裡哭喊道：「我的命是不要的了！男人是已經不能活的了！咱們如今索性鬧一鬧，大夥兒到法場上去拚一拚！」

說著，便將頭往隔斷板上亂撞，撞的披頭散髮，氣得薛姨媽白瞪著兩隻眼，一句話也說不出來。還虧了寶釵嫂子長、嫂子短、好一句、歹一句的勸她。

金桂道：「姑奶奶！如今妳是比不得頭裡的了。妳兩口兒好好的過日子，我是個單身人兒，要臉做什麼！」說著，就要跑到街上回娘家去。虧了人還多，拉住了，又勸了半天方住。把個寶琴唬的再不敢見她。

⋯⋯若是薛蝌在家，她便抹粉施脂，描眉畫鬢，奇情異致的打扮收拾起來，不時從薛蝌住房前過，或故意咳嗽一聲，或明知薛蝌在屋裡，特問房裡何人。有時遇見薛蝌，她便妖妖喬喬、嬌嬌痴痴的問寒問熱，忽喜忽嗔。丫頭們看見，都連忙躲開。她自己也不覺得，只是一心一意要弄得薛蝌感情時，好行寶蟾之計。

…那薛蝌卻只躲著，有時遇見也不敢不周旋一二，只怕她撒潑放刁的意思。更加金桂一則為色迷心，越瞧越愛，越想越幻，那裡還看的出薛蝌的真假來？

只有一宗，她見薛蝌有什麼東西都是托香菱收著，衣服縫洗也是香菱，兩個人偶然說話，她來了，急忙散開，一發動了一個「醋」字。欲待發作薛蝌，卻是捨不得，只得將一腔隱恨都擱在香菱身上。卻又恐怕鬧了香菱得罪了薛蝌，倒弄得隱忍不發。

…一日，寶蟾走來，笑嘻嘻的向金桂道：「奶奶，看見了二爺沒有？」

金桂道：「沒有。」

寶蟾笑道：「我說二爺的那種假正經是信不得的。咱們前兒送了酒去，他說不會喝，剛才我見他到太太那屋裡去，那臉上紅撲撲兒的一臉酒氣。奶奶不信，只在咱們院子門口兒等他。他打那邊過來，奶奶叫住他問問，看他說什麼。」

金桂聽了，一心的怒氣，便道：「他那裡就出來了呢？他既無情義，問他作什麼？」

寶蟾道：「奶奶又迂了。他好說，咱們也好說；他不好說，咱們再另打主意。」

金桂聽著有理，因叫寶蟾瞧著他，看他出去了。寶蟾答應著出來，金桂卻去打開鏡奩，又照了一照，把嘴唇兒又抹了一抹，然後拿一條灑花絹子，才要出來，又像忘了什麼的，心裡倒不知怎麼是好了。

……只聽寶蟾外面說道：「二爺，今日高興啊！那裡喝了酒來了？」金桂聽了，明知是叫她出來的意思，連忙掀起簾子出來。

只見薛蝌和寶蟾說道：「今日是張大爺的好日子，所以被他們強不過吃了半鍾。到這時候臉還發燒呢。」

一句話沒說完，金桂早接口道：「自然人家外人的酒，比咱們自己家裡的酒是有趣兒的。」薛蝌被她拿話一激，臉越紅了，連忙走過來，陪笑道：「嫂子說那裡的話？」寶蟾見他二人交談，便躲到屋裡去了。

……這金桂初時原要假意發作薛蝌兩句，無奈一見他兩頰微紅，雙眸帶澀，別有一種謹願可憐之意，早把自己那驕悍之氣，感化到爪窪國去了，因笑說道：「這麼說，你的酒是硬強著才肯喝的呢！」

薛蝌道：「我那裡喝得來？」

金桂道：「不喝也好，強如像你哥哥喝出亂子來，明兒娶了你們奶奶兒，像我這樣守活寡、受孤單呢！」說到這裡，兩個眼已經乜斜了，兩腮上也覺紅暈了。

……薛蝌見這話越發邪僻了，打算著要走。金桂也看出來了，那裡容得？早已走過來，一把拉住。薛蝌急了道：「嫂子放尊重些！」說著，渾身亂顫。

金桂索性老著臉道：「你只管進來，我和你說一句要緊的話。」正鬧著，忽聽背後一個人叫道：「奶奶！香菱來了。」把金桂唬了一跳。回頭瞧時，卻是寶蟾掀著簾子看他二人的光景，一抬頭，見香菱從那邊來了，趕忙知會金桂。金桂這一驚不小，手已鬆了。薛蝌得便脫身跑了。

……那香菱正走著，原不理會，忽聽寶蟾一嚷，才瞧見金桂在那裡拉住薛蝌，往裡死拽。香菱卻唬的心頭亂跳，自己連忙轉身回去。

這裡金桂早已連嚇帶氣，獃獃的瞅著薛蝌去了，怔了半天，恨了一聲，自己掃興歸房。從此把香菱恨入骨髓。那香菱本是要到寶琴那裡，剛走出腰門[3]，看見這般，嚇回去了。

……※……※……※……

……是日，寶釵在賈母屋裡，聽得王夫人告訴老太太，要聘探春一事。賈母說道：「既是同鄉的人，很好。只是聽見說那孩子到過我們家裡，怎麼你老爺沒有提起？」

王夫人道：「連我們也不知道。」

賈母道：「好是好，但道兒太遠。雖然老爺在那裡，倘或將來老爺調任，可不是我們孩子太單了嗎？」

王夫人道：「兩家都是做官的，也是拿不定。或者那邊還調進

3. 腰門——正門以內的第二重門，亦指兩廳中間的隔門。

來；即不然，終有個葉落歸根。況且老爺既在那裡做官，上司已經說了，好意思不給麼？想來老爺的主意定了，只是不敢做主，故遣人來回老太太的。」

賈母道：「妳們願意更好，但是三丫頭這一去了，不知三年兩年那邊可能回家？若再遲了，恐怕我趕不上再見她一面了！」說著，掉下淚來。

……王夫人道：「孩子們大了，少不得總要給人家的。就是本鄉本土的人，除非不做官還使得；要是做官的，誰保的住總在一處？只要孩子們有造化就好。

「譬如迎姑娘倒配的近呢，偏時常聽見她和女婿打鬧，甚至於不給飯吃。就是我們送了東西去，她也摸不著。近來聽見益發不好了，也不放她回來。兩口兒拌起來，就說咱們使了他家的銀錢。可憐這孩子總不得個出頭的日子！

「前兒我惦記她，打發人去瞧她，迎丫頭藏在耳房裡，不肯出來。老婆們必要進去；看見我們姑娘這樣冷天還穿著幾件舊衣裳。她一包眼淚的告訴婆子們說：『回去別說我這麼苦，這也是命裡所招。也不用送什麼衣服東西來，不但摸不著，反要添一頓打，說是我告訴的。』

「老太太想想，這倒是近處眼見的，若不好更難受。倒虧了大太太也不理她，大老爺也不出個頭。如今迎姑娘實在比我們三等使喚的丫頭還不如。

「我想探丫頭雖不是我養的，老爺既看見過女婿，定然是好，才許的。只請老太太示下：擇個好日子，多派幾個人，送到她老爺任上。該怎麼著，老爺也不肯將就。」

賈母道：「有她老子作主，妳就料理妥當，揀個長行的日子送去，也就定了一件事。」

王夫人答應著「是」。

寶釵聽得明白，也不敢則聲，只是心裡叫苦：「我們家裡姑娘們就算她是個尖兒，如今又要遠嫁，眼看著這裡的人一天少似一天了。」

見王夫人起身告辭出去，她也送了出來，一逕回到自己房中，並不與寶玉說話。見襲人獨自一個做活，便將聽見的話說了。襲人也很不受用。

……卻說趙姨媽聽見探春這事，反歡喜起來，心裡說道：「我這個丫頭在家忒瞧不起我，我何從還是個娘？比她的丫頭還不濟！況且洑上水，護著別人。她擋在頭裡，連環兒也不得出頭。如今老爺接了去，倒也乾淨！想要她孝敬我，不能夠了。只願意她像迎丫頭似的，我也稱稱願。」一面想著，一面跑到探春那邊與她道喜，說：「姑娘妳是要高飛的人了。到了姑爺那邊，自然比家裡還好，想來妳也是願意的。便是養了妳一場，並沒有借妳的光兒。就是我有七分不好，也有三分的好，總不要一去了，把我擱在腦杓子後頭。」

探春聽著毫無道理，只低頭作活，一句也不言語。趙姨娘見她不理，氣忿忿的自己去了。

……這裡探春又氣又笑，又傷心，也不過自己掉淚而已。坐了一回，悶悶的走到寶玉這邊來。

寶玉因問道：「三妹妹，我聽見林妹妹死的時候，妳在那裡來著。我還聽見說，林妹妹死的時候，遠遠的有音樂之聲。或者它是有來歷的，也未可知？」

探春笑道：「那是你心裡想著罷了。只是那夜卻怪，不似人家鼓樂之音，你的話或者也是。」

寶玉聽了，更以為實。又想前日自己神魂飄蕩之時，曾見一人，說是黛玉生不同人，死不同鬼，必是那裡的仙子臨凡。忽又想起那年唱戲做的嫦娥，飄飄艷艷，何等風致。過了一回，探春去了，因必要紫鵑過來，立刻回了賈母去叫她。

……無奈紫鵑心裡不願意，雖經賈母、王夫人派了過來，也就沒法。只是在寶玉跟前，不是噯聲，就是嘆氣的，寶玉背地裡拉著她，低聲下氣，要問黛玉的話，紫鵑從沒好話回答。寶釵倒背地裡誇她有忠心，並不嗔怪她。

那雪雁雖是寶玉娶親這夜出過力的，寶玉見她心地不甚明白，便回了賈母王夫人，將她配了一個小廝，各自過活去了。王奶媽養著她，將來好送黛玉的靈柩回南。鸚哥等小丫頭，仍服侍了老太太。

寶玉本想念黛玉，因此及彼，又想跟黛玉的人已經雲散，更加納悶。悶到無可如何，忽又想黛玉死得這樣清楚，必是離凡返仙去了，反又歡喜。

……忽然聽見襲人和寶釵那裡講究探春出嫁之事，寶玉聽了，「啊呀」的一聲，哭倒在炕上。唬得寶釵、襲人都來扶起，說：「怎麼了？」寶玉早哭得說不出來，定了一回子神，說道：「這日子過不得了！我姊妹們都一個一個的散了！「林妹妹是成了仙去了。大姐姐呢，已經死了，這也罷了，沒天天在一塊。二姐姐呢，碰著了一個混帳不堪的東西。三妹妹又要遠嫁，總不得見的了！史妹妹又不知要到那裡去？薛妹妹是有了人家的。這些姐姐妹妹，難道一個也不留在家裡，單留我做什麼？」襲人忙又拿話解勸。

……寶釵擺著手說：「妳不用勸他，讓我來問他。」因問著寶玉道：「據你的心裡，要這些姊妹都在家裡陪到你老了，都不要為終身的事呢？若說別人，或者還有別的想頭。你自己的姐姐妹妹，不用說沒有遠嫁的；就有老爺作主，你有什麼法兒？

「打量天下獨自你一個人愛姐姐妹妹呢？若是都像你，就連我也不能陪你了。大凡人念書，原為的是明理，怎麼你益發糊塗了？這麼說起來，我同襲姑娘各自一邊兒去，讓你把姐姐妹妹們都邀了來，守著你。」

…寶玉聽了，兩隻手拉住寶釵、襲人道：「我也知道。為什麼散的這麼早呢？等我化了灰的時候再散也不遲！」

襲人掩著他的嘴道：「又胡說！才這兩天身上好些，二奶奶才吃些飯。若是你又鬧翻了，我也不管了！」

寶玉慢慢的聽她兩個人說話都有道理，只是心上不知道怎樣才好，只得強說道：「我卻明白，但是心裡鬧得慌。」

寶釵也不理他，暗叫襲人快把定心丸給他吃了，慢慢的開導他。

……襲人便欲告訴探春，說臨行不必來辭，寶釵道：「這怕什麼？等消停幾日，待他心裡明白，還要叫他們多說句話兒呢。況且三姑娘是極明白的人，不像那些假惺惺的人，少不得有一番箴諫，他以後便不是這樣了。」

……正說著，賈母那邊打發過鴛鴦來說，知道寶玉舊病又發，叫襲人勸說安慰，叫他不要胡思亂想。襲人等應了。鴛鴦坐了一回子去了。

那賈母又想起探春遠行，雖不備妝奩，其一應動用之物，俱該預備，便把鳳姐叫來，將老爺的主意告訴了一遍，即叫她料理去。

……鳳姐答應。不知怎麼辦理，下回分解。

◎第一〇一回◎

大觀園月夜警幽魂 散花寺神籤驚異兆

……卻說鳳姐回至房中，見賈璉尚未回來，便分派那管辦探春行李裝奩事的一干人。那天已有黃昏以後，因忽然想起探春來，要瞧瞧她去，便叫豐兒與兩個丫頭跟著，頭裡一個丫頭打著燈籠。走出門來，見月光已上，照耀如水，鳳姐便命打燈籠的：「回去罷。」因而走至茶房窗下，聽見裡面有人嘁嘁喳喳的，又似哭，又似笑，又似議論什麼的。鳳姐知道不過是家下婆子們，又不知搬什麼是非，心內大不受用，便命小紅進去，裝做無心的樣子，細細打聽著，用話套出原委來。小紅答應著去了。

……鳳姐只帶著豐兒來至園門前，門尚未關，只虛虛的掩著。於是主僕二人方推門進去。只見園中月色比外面更覺明朗，滿地下重重樹影，杳無人聲，甚是淒涼寂靜。

剛欲往秋爽齋這條路來，只聽「唿」的一聲風過，吹的那樹枝上落葉，滿園中唰喇喇的作響，枝梢上吱嘍嘍[1]發哨，將那些寒鴉宿鳥都驚飛起來。鳳姐吃了酒，被風一吹，只覺身上發噤起來。

豐兒後面也把頭一縮，說：「好冷！」

鳳姐也掌不住，便叫豐兒：「快回去把那件銀鼠坎肩兒拿來，我在三姑娘那裡等著。」豐兒巴不得一聲，也要回去穿衣裳，連忙答應一聲，回頭就跑了。

……鳳姐剛舉步走了不遠，只覺身後咈咈哧哧，似有聞嗅之聲，不覺頭髮森然直豎起來。由不得回頭一看，只見黑油油一個

1. 吱嘍嘍——象聲詞。

東西在後邊伸著鼻子聞她呢；那兩隻眼睛恰似燈光一般。鳳姐嚇得魂不附體，不覺失聲的咳了一聲，卻是一隻大狗。那狗抽頭回身，拖著個掃帚尾巴，一氣跑到大土山上，方站住了，回身猶向鳳姐拱爪兒。

……鳳姐此時心跳神移，急急的向秋爽齋來。已將來至門口，方轉過山子，只見迎面有一個人影兒一恍。鳳姐心中疑惑，心裡還想著必是那一房的丫頭，便問：「是誰？」問了兩聲，並沒有人出來，已經嚇得神魂飄蕩。

恍恍惚惚的似乎背後有人說道：「嬸娘連我也不認得了？」鳳姐忙回頭一看，只見那人形容俊俏，衣履風流，十分眼熟，只是想不起是那房那屋裡的媳婦來。只聽那人又說道：「嬸娘只管享榮華，受富貴的心盛，把我那年說的『立萬年永遠之基』，都付於東洋大海了！」鳳姐聽說，低頭尋思，總想不起。

那人冷笑道：「嬸娘那時怎麼疼我來，如今就忘在九霄雲外了？」鳳姐聽了，此時方想起來是賈蓉的先妻秦氏，便說道：「噯喲！妳是死了的人哪，怎麼跑到這裡來了呢？」啐了一口，方轉回身要走時，不防一塊石頭絆了一跤，猶如夢醒一般，渾身汗如雨下。雖然毛髮悚然，心中卻也明白。

……只見小紅、豐兒影影綽綽的來了。鳳姐恐怕落人的褒貶，連忙爬起來說道：「妳們做什麼呢，去了這半天？快拿來我穿上罷。」一面豐兒走至跟前，服侍穿上，小紅過來攙扶。

鳳姐道：「我才到那裡，她們都睡了，回去罷。」一面說著，一面帶了兩個丫頭，急急忙忙趕到自己房中。賈璉已回來了，只是見鳳姐兒臉上神色更變，不似往常，待要問她，又知她素日性格，不敢突然相問，只得睡了。

……至次日五更，賈璉就起來要往總理內庭都檢點太監裘世安家來打聽事務。因太早了，見桌上有昨日送來的抄報[2]，便拿起來閒看。

第一件是雲南節度使王忠一本，新獲了一起私帶神槍火藥出邊事，共有十八名人犯。頭一名鮑音，口稱係太師鎮國公賈化家人。

第二件蘇州刺史李孝一本，參劾縱放家奴，倚勢凌辱軍民，以致因奸不遂，殺死節婦一家人命三口事。凶犯姓時名福，自稱係世襲三等職銜賈範家人。

賈璉看見這兩件，心中早又不自在起來，待要看第三件，又恐遲了不能見裘世安的面，因此急急的穿了衣服，也等不得吃東西，恰好平兒端上茶來，喝了兩口，便出來騎馬走了。

……平兒在房內收拾換下的衣服。此時，鳳姐尚未起來，平兒因

2. 抄報—舊時官府發行的報章，通報詔會、奏章以及升遷等人事變動的情況。

說道：「今兒夜裡我聽著奶奶沒睡什麼覺，我替奶奶捶著，好生打個盹兒罷。」鳳姐也不言語。

平兒料著這意思是了，便爬上炕來，坐在身邊，輕輕的捶著。才捶了幾拳，那鳳姐剛有要睡之意，只聽那邊大姐兒哭了。

……鳳姐又將眼睜開。平兒連向那邊叫道：「李媽，妳到底是怎麼著呢？姐兒哭了，妳到底拍著她些。妳也忒愛睡了！」那邊李媽從夢中驚醒，聽得平兒如此說，心中沒好氣，狠命的拍了幾下，口裡嘟嘟囔囔的罵道：「真真的小短命鬼兒！放著屍不挺，三更半夜嚎你娘的喪！」一面說，一面咬牙，便向那孩子身上擰了一把。那孩子哇的一聲大哭起來。

……鳳姐聽見，說：「了不得！妳聽聽，她該挫磨[3]孩子了！妳

3. 挫磨——折磨，虐待。

過去把那黑心的養漢老婆下死勁的打她幾下子，把妞妞抱過來罷。」

平兒笑道：「奶奶別生氣，她那裡敢挫磨妞兒？只怕是不提防，錯碰了一下子，也是有的。這會子打她幾下子沒要緊，明兒叫她們背地裡嚼舌根，倒說三更半夜的打人。」

……鳳姐聽了，半日不言語，長嘆一聲，說道：「妳瞧瞧，這會子不是我十旺八旺的呢！明兒我要是死了，剩下這小孽障，還不知怎麼樣呢！」

平兒笑道：「奶奶，這是怎麼說！大五更的，何苦來呢？」

鳳姐冷笑道：「妳那裡知道，我是早已明白了，我也不久了！雖然活了二十五歲，人家沒見的也見了，沒吃的也吃了，衣祿食祿也算全了，所有世上有的，也都有了。氣也算賭盡了，強也算爭足了；就是壽字兒上頭缺一點，也罷了！」平兒聽說，由不得滾下淚來。

…鳳姐笑道：「妳這會子不用假慈悲，我死了，妳們只有喜歡的。妳們一心一計，和和氣氣的過日子，省得我是妳們眼裡的刺似的。只有一件，妳們知好歹，只疼我那孩子就是了！」平兒聽了，越發哭的淚人似的。

鳳姐笑道：「別扯妳娘的臊！那裡就死了呢？哭的那麼痛！我不死，還叫妳哭死了呢。」

平兒見說，連忙止住哭，道：「奶奶說的這麼叫人傷心！」一面說，一面又捶，鳳姐又朦朧睡著。

…平兒方下炕來，只聽外面腳步響。誰知賈璉去遲了，那裘世安已經上朝去了，不遇而回，心中正沒好氣，進來就問平兒道：「她們還沒起來麼？」

平兒回說：「沒有呢。」

賈璉一路摔簾子進來，冷笑道：「好，好，這會子還都不起來，安心打擂臺打撒手兒[4]！」一疊聲又要吃茶。

平兒忙倒了一碗茶來。原來那些丫頭老婆子見賈璉出了門，又復睡了，不打諒這會子回來，原不曾預備，平兒便把溫過的拿了來。賈璉生氣，舉起碗來，「嘩啷」一聲，摔了個粉碎。

……鳳姐驚醒，唬了一身冷汗，「噯喲」一聲，睜開眼，只見賈璉氣狠狠的坐在旁邊，平兒彎著腰拾碗片子呢。鳳姐道：「你怎麼就回來了？」問了一聲，半日不答應，只得又問一聲。

賈璉嚷道：「妳不要我回來，叫我死在外頭罷！」

鳳姐笑道：「這又是何苦來呢？常時我見你不像今兒回來的快，問你一聲，也沒什麼生氣的。」

賈璉又嚷道：「又沒遇見，怎麼不快回來呢！」

4. 打撒手兒——放手不管。

鳳姐笑道：「沒有遇見，少不得耐煩些，明日再去早些兒，自然遇見了。」

……賈璉嚷道：「我可不吃著自己的飯，替人家趕獐子呢！我這裡一大堆的事，沒個動秤兒的[5]，沒來由為人家的事，瞎鬧了這些日子，當什麼呢？正經那有事的人還在家裡受用，死活不知，還聽見話要鑼鼓喧天的擺酒唱戲做生日呢！我可瞎跑他娘的腿！」一面說，一面往地下啐了一口，又罵平兒。

鳳姐聽了，氣的乾咽，要和他分證[6]，想了一想，又忍住了，勉強陪笑道：「何苦來生這麼大氣？大清早起，和我叫喊什麼？誰叫你應了人家的事？你既應了，只得耐煩些，少不得替人家辦辦。也沒見這個人自己有為難的事，還有心腸唱戲擺酒的鬧！」

賈璉道：「妳可說麼！妳明兒倒也問問他。」

5.動秤兒的——實際幹事的。

6.分證——猶言分辯。

……鳳姐詫異道：「問誰？」

賈璉道：「問妳哥哥！」

鳳姐道：「是他嗎？」

賈璉道：「可不是他，還有誰呢？」

鳳姐忙問道：「他又有什麼事，叫你替他跑？」

賈璉道：「妳還在罈子裡[7]呢！」

鳳姐道：「真真這就奇了！我連一個字兒也不知道。」

賈璉道：「妳怎麼能知道呢！這個事，連太太和姨太太還不知道呢。頭一件怕太太和姨太太不放心；二則妳身上又常嚷不好，所以我在外頭壓住了，不叫裡頭知道。說起來，真真可人惱！妳今兒不問我，我也不便告訴妳。妳打諒妳哥哥行事像個人呢！妳知道外頭的人都叫他什麼？」

鳳姐道：「叫他什麼？」

賈璉道：「叫他『忘仁！』」

7. 在罈子裡——受蒙蔽的意思。

鳳姐噗哧的一笑：「他可不叫王仁，叫什麼呢？」

賈璉道：「妳打諒是那個『王仁』嗎？是忘了仁義禮智信的那個『忘仁』哪！」

鳳姐道：「這是什麼人這等刻薄嘴兒糟蹋人！」

……賈璉道：「不是糟蹋他嗎？今兒索性告訴妳，妳也不知道知道妳那哥哥的好處，到底知道他給他二叔做生日呵！」

鳳姐想了一想，道：「嗳喲！可是呵，我還忘了問你：二叔不是冬天的生日嗎？我記得年年都是寶兄弟去。前者老爺陞了，二叔那邊送過戲來，我還偷偷兒的說，二叔為人是最嗇刻的，比不得大舅太爺。他們各自家裡還烏眼雞似的[8]。「不麼，昨兒大舅太爺沒了，你瞧他是個兄弟，他還出了個頭兒，攬了個事兒嗎？所以那一天說，趕他的生日，咱們還他一班子戲，省了親戚跟前落虧欠。如今這麼早就做生日，也

8.烏眼雞似的——比喻互相仇視。

不知是什麼意思。」

……賈璉道：「妳還作夢呢！妳哥哥一到京，接著舅太爺的首尾，就開了一個弔[9]。他怕咱們知道攔他，所以沒告訴咱們，弄了好幾千銀子。後來二舅嗔著他，說他不該一網打盡。他吃不住了，變了個法子，指著你們二叔的生日撒了個網，想著再弄幾個錢，好打點二舅太爺不生氣。也不管親戚朋友冬天夏天的，人家知道不知道，這麼丟臉！

「你知道我起早為什麼？如今因海疆的事情，御史參了一本，說是大舅太爺的虧空，本員已故，應著落其弟王子勝、姪兒王仁賠補。爺兒兩個急了，找了我給他們托人情。我見他們嚇的那個樣兒，再者，又關係太太和你，我才應了。

「想著找找總理內廷都檢點老裘替辦辦，或者前任後任挪移挪移，偏又去晚了，他進裡頭去了。我白起來跑了一趟，他們

9. 開弔——喪家擇定日期接受親友弔唁送禮。

家裡還那裡定戲擺酒呢！妳說說叫人生氣不生氣？」

……鳳姐聽了，纔知王仁所行如此，但她素性要強護短，聽賈璉如此說，便道：「憑他怎麼樣，到底是你的親大舅兒。再者，這件事，死的大太爺，活的二叔，都感激你。罷了，沒什麼說的，我們家的事，少不得我低三下四的求你，省了帶累別人受氣，背地裡罵我！」說著，眼淚早流下來，掀開被窩，一面坐起來，一面挽頭髮，一面披衣裳。

……賈璉道：「妳倒不用這麼著，是妳哥哥不是人，我並沒說妳什麼。況且我出去了，妳身上又不好，我都起來了，她們還睡著，咱們老輩子有這個規矩麼？妳如今作好好先生，不管事了。我說了一句，妳就起來；明兒我要嫌這些人，難道妳都替了她們麼？好沒意思啊！」

鳳姐聽了這些話，才把淚止住了，說道：「天也不早了，我也該起來了。你又這麼說的，你替他們家在心的辦辦，那就是你的情分了。再者，也不光為我，就是太太聽見也喜歡。」

賈璉道：「是了，知道了。『大蘿蔔還用屎澆[10]』。」

……平兒道：「奶奶這麼早起來做什麼？那一天奶奶起來不是有一定的時候兒呢？爺也不知是那裡的邪火，拿著我們出氣。何苦來呢！奶奶也算替爺掙夠了，那一點兒不是奶奶擋頭陣？

「不是我說，爺把現成的也不知吃了多少，這會子替奶奶辦了一點子事，況且關會著好幾層兒呢，就這麼拿糖作醋[11]的起來，也不怕人家寒心？況且這也不單是奶奶的事呀！我們起遲了，原該爺生氣，左右到底是奴才呀；奶奶跟前儘著身子累的成了個病包兒了，這是何苦來呢！」說著，自己的眼圈

10.**大蘿蔔還用屎澆**——本指種蘿蔔不用屎尿澆灌。比喻聰明的不需要別人指教。

11.**拿糖作醋**——故意作態、拿架子。

兒也紅了。

……那賈璉本是一肚了悶氣，那裡見得這一對嬌妻美妾又尖利、又柔情的話呢？便笑道：「夠了，算了罷！她一個人就夠使的了，不用妳幫著。左右我是外人，多早晚我死了，妳們就清淨了！」

鳳姐道：「你也別說那個話，誰知道誰怎麼樣呢？你不死，我還死呢！早死一天，早心淨！」說著，又哭起來，平兒只得又勸了一回。那時天已大亮，日影橫窗，賈璉也不便再說，站起來出去了。

……這裡鳳姐自己起來，正在梳洗，忽見王夫人那邊小丫頭過來道：「太太說了，叫問二奶奶，今日過舅太爺那邊去不去？如要去，說叫二奶奶同著寶二奶奶一路去呢。」

鳳姐因方才一段話已經灰心喪意，恨娘家不給爭氣；又兼昨夜園中受了那一驚，也實在沒精神，便說道：「妳先回太太去，我還有一兩件事沒辦清，今日不能去。況且他們那又不是什麼正經事。寶二奶奶要去，各自去罷。」

小丫頭答應著，回去回覆了，不在話下。

……且說鳳姐梳了頭，換了衣服，想了想，雖然自己不去，也該帶個信兒；再者，寶釵還是新媳婦出門子，自然要去照應照應的，於是見過王夫人，支吾了一件事，便過來到寶玉房中。

只見寶玉穿著衣服，歪在炕上，兩個眼睛獃獃的看寶釵梳頭，鳳姐站在門口，還是寶釵一回頭看見了，連忙起身讓坐。寶玉也爬起來，鳳姐才笑嘻嘻的坐下。

寶釵因說麝月道：「妳們瞧著二奶奶進來，也不言語聲兒！」

麝月笑著道：「二奶奶頭裡進來就擺手兒不叫言語麼。」

……鳳姐因向寶玉道：「你還不走，等什麼呢？沒見這麼大人了，還是這麼小孩子氣。人家各自梳頭，你爬在旁邊看什麼？成日家一塊子在屋裡，還看不夠嗎？也不怕丫頭們笑話。」說著，哧的一笑，又瞅著他咂嘴兒。

寶玉雖也有些不好意思，還不理會，把個寶釵直臊的滿臉飛紅，又不好聽著，又不好說什麼，只見襲人端過茶來，只得搭訕著自己遞了一袋煙。

……鳳姐笑著站起來接了，道：「二妹妹，妳別管我們的事，妳快穿衣服罷。」寶玉一面也搭訕著，找這個，弄那個，鳳姐道：「你先去罷，那裡有個爺等著奶奶們一塊兒走的理呢？」

寶玉道：「我只是嫌我這衣裳不太好，不如前年穿著老太太給的那件雀金呢好。」

鳳姐因慪他道：「你為什麼不穿？」

寶玉道：「穿著太早些。」

……鳳姐忽然想起，自悔失言。幸虧寶釵也和王家是內親，只是那些丫頭們跟前已經不好意思了。

襲人卻接著說道：「二奶奶還不知道呢，就是穿得，他也不穿了。」

鳳姐道：「這是什麼原故？」

襲人道：「告訴二奶奶，真真的我們這位爺行的事，都是天外飛來的。那一年因二舅太爺的生日，老太太給了他這件衣裳，誰知那一天就燒了。我媽病重了，我沒在家。那時候還有晴雯妹妹呢，聽見說，病著整給他補了一夜，第二天，老太太纔沒瞧出來呢。

「去年那一天，上學天冷，我叫焙茗拿了去給他披披，誰知這位爺見了這件衣裳，想起晴雯來了，說總不穿了，叫我給他收一輩子呢。」

……鳳姐不等說完，便道：「妳提晴雯，可惜了兒的！那孩子模樣兒手兒都好，就只嘴頭子利害些。偏偏兒的太太不知聽了那裡的謠言，活活兒的把個小命兒要了。

「還有一件事，那一天我瞧見廚房裡柳家的女人她女孩兒，叫什麼五兒，那丫頭長的和晴雯脫了個影兒似的。我心裡要叫她進來，後來我問她媽，她媽說是很願意。我想著寶二爺屋裡的小紅跟了我去，我還沒還他呢，就把五兒補過來罷。

「平兒說：『太太那一天說了，凡像那個樣兒的都不叫派到寶二爺屋裡呢。』我所以也就擱下了。這如今寶二爺也成了家了，還怕什麼呢？不如我就叫她進來。可不知寶二爺願意不願意？要想著晴雯，只瞧見這五兒就是了。」寶玉本要走，聽見這些話又獃了。襲人道：「為什麼不願意？早就要弄進來的，只因太太的話說的結實罷了。」鳳姐道：「那麼著，明兒我就叫她進來，太太的跟前有我呢。」

……寶玉聽了，喜不自勝，才走到賈母那邊去了。這裡寶釵穿衣服。鳳姐見他兩口恩愛纏綿，想起賈璉方才那種光景，好不傷心，坐不住，便起身向寶釵笑道：「我和妳向太太屋裡去罷。」笑著出了房門，一同來見賈母。

……寶玉正在那裡回賈母往舅舅家去。賈母點頭說道：「去罷，只是少吃酒，早些回來，你身子才好些。」寶玉答應著出來，剛走到院內，又轉身回來，向寶釵耳邊，說了幾句，不知什麼。

寶釵笑道：「是了，你快去罷。」將寶玉催著去了。

…這裡賈母和鳳姐、寶釵說了沒三句話，只見秋紋進來傳說：「二爺打發焙茗轉來，說請二奶奶。」

寶釵道：「他又忘了什麼，又叫他回來？」

秋紋道：「我叫小丫頭問了，焙茗說是『二爺忘了一句話，二爺叫我回來告訴二奶奶：若是去呢，快些來罷；若不去呢，別在風地裡站著。』」說的賈母鳳姐並地下站著的老婆子丫頭都笑了。

…寶釵的臉上飛紅，把秋紋啐了一口，說道：「好個糊塗東西！這也值得這麼慌慌張張跑了來說？」秋紋也笑著回去叫小丫頭去罵焙茗。

焙茗一面跑著，一面回頭說道：「二爺把我巴巴兒的叫下馬來，叫回來說；我若不說，回來對出來，又罵我了。這會子說了，她們又罵我！」那丫頭笑著跑回來說了。

賈母向寶釵道：「妳去罷，省了他這麼不放心。」說的寶釵站不住，又被鳳姐慪她頑笑，正沒好意思，才走了。

……只見散花寺的姑子大了來了，給賈母請安，見過了鳳姐，坐著吃茶，賈母因問她：「這一向怎麼不來？」

大了道：「因這幾日廟中作好事，有幾位誥命夫人不時在廟裡起坐，所以不得空兒來。今兒特來回老祖宗，明兒還有一家作好事，不知老祖宗高興不高與？若高興，也去隨喜隨喜。」

賈母便問：「作什麼好事？」

大了道：「前月為王夫人府裡不乾淨，見神見鬼的，偏生那太太夜間又看見去世的老爺。因此，昨日在我廟裡告訴我，要在散花菩薩跟前許願燒香，做四十九天的水陸道場，保佑家口安寧，亡者昇天，生者獲福。所以我不得空兒來請老太太的安。」

……卻說鳳姐素日最厭惡這些事，自從昨夜見鬼，心中只是疑疑惑惑的，如今聽了大了這些話，不覺把素日的心性改了一半，已有三分信意，便問大了道：「這散花菩薩是誰？他怎麼就能避邪除鬼呢？」

大了見問，便知她有些信意，說道：「奶奶要問這位菩薩，等我告訴奶奶知道。這個散花菩薩，來歷根基不淺，道行非常。生在西天大樹國中。父母打柴為生。養下菩薩來，頭長三角，眼橫四目，身長八尺，兩手拖地。父母說這是妖精，便棄在冰山之後了。

「誰知這山上有一個得道老猢猻，出來打食，看見菩薩頂上白氣沖天，虎狼遠避，知道來歷非常，便抱回洞中撫養。誰知菩薩帶了來的聰慧，禪也會談，與猢猻天天談道參禪，說的天花散漫繽紛。至一千年後，便飛昇了。至今山上猶見談經之處，天花散漫，所求必靈，時常顯聖，救人苦厄。因此世人才蓋了廟，塑了像供奉。」

……鳳姐道：「這有什麼憑據呢？」大了道：「奶奶又來搬駁[12]了。一個佛爺可有什麼憑據呢？就是撒謊。也不過哄一兩人罷咧，難道古往今來多少明白人都被他哄了不成？奶奶只想，惟有佛家香火歷來不絕，他到底是祝國祝民，有些靈驗，人才信服。」

……鳳姐聽了大有道理，因道：「既這麼著，我明兒去試試。妳廟頭可有籤？我去求一籤。我心裡的事，籤上批的出？批的出來，我從此就信了。」

12. 搬駁——盤問，反駁。

大了道：「我們的籤最是靈的，明兒奶奶去求一籤，就知道了。」

賈母道：「既這麼著，索性等到後日初一，妳再去求。」說著，

大了吃了茶，到王夫人各房裡去請了安回去，不提。

……這裡鳳姊勉強扎掙著，到了初一清早，令人預備了車馬，帶著平兒，並許多奴僕，來至散花寺。大了帶了眾姑子接了進去。獻茶後，便洗手，至大殿上焚香。

那鳳姐也無心瞻仰聖像，一秉虔誠，磕了頭，舉起籤筒，默默的將那見鬼之事並身體不安等故，祝告了一回，纔搖了三下，只聽「唰」的一聲，筒中攛出一支籤來，於是叩頭，拾起一看，只見寫著「第三十三籤，上上大吉」。

大了忙查籤簿看時，只見上面寫著：「王熙鳳衣錦還鄉。」

……鳳姐一見這幾個字，吃一大驚，忙問大了道：「古人也有叫

王熙鳳的麼？」

大了道：「奶奶是通今博古的，難道漢朝的王熙鳳求官的這一段事也不曉得？」

周瑞家的在旁笑道：「前年李先兒還說這一回事來，我們還告訴他重著奶奶的名字，不許叫呢。」

鳳姐笑道：「可是呢，我倒忘了。」說著，又瞧底下的，寫的是：

去國離鄉二十年，於今衣錦還家園。
蜂採百花成蜜後，為誰辛苦為誰甜？
行人至。音信遲。訟宜和。婚再議。

看完也不甚明白。

……大了道：「奶奶大喜，這一籤巧得很。奶奶自幼在這裡長大，何曾回南京去過？如今老爺放了外任，或者接家眷來，順便回家，奶奶可不是『衣錦還鄉』了？」一面說，一面抄了個籤經交與丫頭。鳳姐也半信半疑的。大了擺了齋來，鳳姐只動了一動，放下了要走，又給了香銀。大了苦留不住，只得讓她走了。

……鳳姐回至家中，見了賈母、王夫人等，問起籤來，命人一解，都歡喜非常：「或者老爺果有此心，咱們走一趟也好！」鳳姐兒見人人這麼說，也就信了，也就信了，不在話下。

……卻說寶玉這一日正睡午覺，醒來不見寶釵，正要問時，只見寶釵進來。寶玉問道：「那裡去了，半日不見？」寶釵笑道：「我給鳳姐姐瞧一回籤。」寶玉聽說，便問是怎麼樣的。

寶釵把籤帖念了一回，又道：「家中人人都說好的，據我看，這『衣錦還鄉』四字裡頭，還有原故。後來再瞧罷了。」寶玉道：「妳又多疑了，妄解聖意。『衣錦還鄉』四字，從古至今都知道是好的，今兒偏生妳又看出緣故來了。依妳說，這『衣錦還鄉』還有什麼別的解說？」

……寶釵正要解說，只見王夫人那邊打發丫頭過來請二奶奶，寶釵立刻過去。未知何事，下回分解。

◎第一〇二回◎

寧國府骨肉病災祲[1]
大觀園符水驅妖孽

……話說王夫人打發人來喚寶釵，寶釵連忙過來請了安。王夫人道：「妳三妹妹如今要嫁了，妳們作嫂子的大家開導開導她，也是妳們姊妹之情。況且她也是個明白孩子，我看妳們兩個也很合的來。

「只是我聽見說，寶玉聽見他三妹妹出門了，哭得了不得。妳也該勸勸他才是。如今我的身子是十病九痛的，妳二嫂子也是三日好、兩日不好。妳還心地明白些，諸事也別說只管吞著，不肯得罪人。將來這一番家事都是妳的擔子。」

寶釵答應著。

……王夫人又說道：「還有一件事，妳二嫂

子昨兒帶了柳家媳婦的丫頭來，說補在妳們屋裡。」

寶釵道：「今日平兒才帶過來，說是太太和二奶奶的主意。」

王夫人道：「是妳二嫂子和我說，我想也沒要緊，不便駁她的回，只是一件，我見那孩子眉眼兒上頭也不是個很安頓的。起先為寶玉房裡的丫頭狐狸似的，我攆了幾個，那時候妳也自然知道，不然，妳怎麼搬回家去了呢？如今有妳，自然不比先前了。我告訴妳，不過留點神兒就是了。妳們屋裡，就是襲人那孩子還可以使得。」

寶釵答應了，又說了幾句話，便過來了。飯後到了探春那邊，自有一番殷勤勸慰之言，不必細說。

……次日，探春將要起身，又來辭寶玉，寶玉自然難割難分。探春倒將綱常大體的話，說得寶玉始而低頭不語，後來轉悲作喜，似有醒悟之意。於是探春放心辭別眾人，竟上轎登程，

1.祲（音浸）—妖氣，不祥之氣。

水陸舟車而去。

※……※……※

……先前，眾姊妹都住在大觀園中。後來，賈妃薨後，也不修葺。到了寶玉娶親，林黛玉一死，史湘雲回去，寶琴在家住著，園中人少，況兼天氣寒冷，李紈姊妹、探春、惜春等俱挪回舊所。到了花朝月夕，依舊相約玩耍。如今探春一去，寶玉病後不出屋門，益發沒有高興的人了。所以園中寂寞，只有幾家看園的人住著。

……那日，尤氏過來送探春起身，因天晚省得套車，便從前年在園裡開通寧國府的那個便門裡走過去了。覺得淒涼滿目，臺榭依然，女牆一帶都種作園地一般，心中悵然如有所失。因到家中，便有些身上發熱，掙扎一兩天，竟躺倒了。日間的發燒猶可，夜裡身熱異常，便譫語[2]綿綿。賈珍連忙請了大夫看視，說感冒起的，如今纏經，入了足陽明胃經，所以譫語不清，如有所見，有了大穢[3]即可安身。尤氏服了兩劑，並不稍減，更加發起狂來。

……賈珍著急，便叫賈蓉來：「打聽外頭有好醫生，再請幾位來瞧瞧。」

賈蓉回道：「前兒這個大夫是最興時的了，只怕我母親的病不是藥治的好的。」

賈珍道：「胡說！不吃藥，難道由她去罷？」

賈蓉道：「不是說不治，為的是前日母親從西府去，回來是穿著園子裡走過來的。一到了家，就身上發燒，別是撞客[4]著了罷。外頭有個毛半仙，是南方人，卦起的很靈，不如請他來占卦占卦。看有信兒呢。就依著他；要是不中用，再請別

2. 譫（音沾）語——指病中神志不清，胡言亂語，也泛指胡言亂語。

3. 大穢——大便。

4. 撞客——舊指神鬼附體而突然神志昏迷、胡言亂語。

的好大夫來。」

賈珍聽了，即刻叫人請來；坐在書房內喝了茶，便說：「府上叫我，不知占什麼事？」

賈蓉道：「家母有病，請教一卦。」

毛半仙道：「既如此，取淨水洗手，設下香案。讓我起出一課來看就是了。」

一時下人安排定了，他便懷裡掏出卦筒來，走到上頭，恭恭敬敬的作了一個揖，手內搖著卦筒，口裡念道：「伏以太極兩儀，絪縕交感，圖書出而變化不窮，神聖作而誠求必應。茲有信官賈某，為因母病，虔請伏羲、文王、周公、孔子四大聖人，鑒臨在上，誠感則靈，有凶報凶，有吉報吉，先請內象三爻。」

說著，將筒內的錢倒在盤內，說：「有靈的，頭一爻就是交。」

拿起來又搖了一搖，倒出來，說是單。第三爻又是交。檢起錢來，嘴裡說是：「內爻已示，更請外象三爻，完成一卦。」起出來是單拆單。

……那毛半仙收了卦筒和銅錢，便坐下問道：「請坐，請坐。讓我細細的看看。這個卦乃是『未濟』之卦。世爻是第三爻，午火兄弟劫財，晦氣是一定該有的。如今尊駕為母問病，用神是初爻，真是父母爻動出官鬼來。五爻上又有一層官鬼，我看令堂太夫人的病是不輕的。

「還好，還好，如亥之水休囚，寅木動而生火。世爻上動出一個子孫來，倒是剋鬼的。況且日月生身，再隔兩日，子水官鬼落空，交到戌日就好了。但父母爻上變鬼，恐令尊大人也有些關礙。就是本身世爻比劫過重，到了水旺土衰的日子也不好。」說完了，便撇著鬍子坐著。

……賈蓉起先聽他搗鬼，忍不住要笑；聽他講得卦理明白，又說生怕父親也不好，便說道：「卦是極高明的，但不知我母親是什麼病？」

毛半仙道：「據這卦上，世爻午火變水相剋，必是寒火凝結。若要斷的清楚，揲蓍[5]也不大明白，除非用大六壬才斷的準。」

賈蓉道：「先生都高明的麼？」

毛半仙道：「知道些。」賈蓉便要請教，報了一個時辰。毛先生便畫了盤子，將神將排定。「算去是戌上白虎。這課叫作『魄化課』。大凡白虎乃是凶將，乘旺象氣受制，便不能為害。如今乘著死神死煞，及時令囚死，則為餓虎，定是傷人，就如魄神受驚消散，故名『魄化』。

「這課象說是人身喪魄，憂患相仍，病多死喪，訟有憂驚。按象有日暮虎臨，必定是傍晚得病的。象內說：『凡占此課，

5. 揲蓍（音舌詩）—數蓍草。古代問卜的一種方式。

必定舊宅有伏虎作怪，或有形響。』如今尊駕為大人而占，正合著虎在陽憂男，在陰憂女；此課十分凶險呢！」

……賈蓉沒有聽完，唬得臉上失色道：「先生說的很是，但與那卦又不大相合，到底有妨礙麼？」

毛半仙道：「你不用慌，待我慢慢的再看。」低著頭又咕噥了一會，便說：「好了，有救星了！算出巳上有貴神救解，謂之『魄化魂歸』。先憂後喜，是不妨事的。只要小心些就是了。」

……賈蓉奉上卦金，送了出去；回稟賈珍，說是：「母親的病，是在舊宅傍晚得的，為撞著什麼『伏屍白虎』。」

賈珍道：「你說你母親前日從園裡走回來的，可不是那裡撞著的！你還記得，你二嬸娘到園裡去，回來就病了。

「她雖沒見什麼，後來那些丫頭老婆們，都說是山子上一個毛烘烘的東西，眼睛有燈籠大，還會說話，把她二奶奶趕回來了，唬出一場病來。」

…賈蓉道：「怎麼不記得！我還聽見寶叔家焙茗說，晴雯做了園裡芙蓉花的神了。林姑娘死了，半空裡有音樂，必定她也是管什麼花兒了。想這許多妖怪在園裡，還了得！

「頭裡人多陽氣重，常來常往不打緊；如今冷落的時候，母親打那裡走，還不知踹了什麼花兒呢，不然就是撞著那一個？那卦也還算是準的。」

賈珍道：「到底說有妨礙沒有呢？」

賈蓉道：「據他說，到了戌日就好了。只願早兩天好，或遲兩天才好。」

賈珍道：「這又是什麼意思？」

賈蓉道：「那先生若是這樣準，生怕老爺也有些不自在。」

……正說著，裡頭喊說：「奶奶要坐起到那邊園裡去，丫頭們都按捺不住。」賈珍等進去安慰，只聞尤氏嘴裡亂說：「穿紅的來叫我！穿綠的來趕我！」地下這些人又怕又好笑。賈珍便命人買些紙錢，送到園裡燒化。果然那夜出了汗，便安靜些。

到了戌日，也就漸漸的好起來。由是一人傳十，十人傳百，都說大觀園中有了妖怪，唬得那些看園的人也不修花補樹，灌溉果蔬。起先晚上不敢行走，以致鳥獸逼人；甚至日裡也是約伴持械而行。

……過了些時，果然賈珍也病，竟不請醫調治，輕則到園化紙許願，重則詳星拜斗。賈珍方好，賈蓉等相繼而病。如此接連數月，鬧得兩府俱怕。

從此風聲鶴唳，草木皆妖。園中出息，一概全蠲，各房月例重新添起，反弄得榮府中更加拮据。那些看園的沒有了想頭，個個要離此處，每每造言生事，便將花妖樹怪編派起來，各要搬出。將園門封固，再無人敢到園中，以致崇樓高閣，瓊館瑤臺，皆為禽獸所棲。

……卻說晴雯的表兄吳貴，正住在園門口，他媳婦自從晴雯死後，聽見說作了花神，每日晚間便不敢出門。這一日，吳貴出門買東西，回來晚了。那媳婦本有些感冒著，日間吃錯了藥，晚上吳貴到家，已經死在炕上。外面的人因那媳婦子不大妥當，便說妖怪爬過牆來吸了精去死的。

……於是老太太著急的了不得，另派了好些人將寶玉的住房圍住，巡邏打更。這些小丫頭們還說，有看見紅臉的，有看見很俊的女人的，吵嚷不休，唬的寶玉天天害怕。虧得寶釵有把持，聽見丫頭們混說，便嚇唬著要打，所以那些謠言略好些。無奈各房的人都是疑人疑鬼的不安靜，也添了人坐更，於是更加了好些食用。

…獨有賈赦不大很信，說：「好好園子，那裡有什麼鬼怪！」挑了個風清日暖的日子，帶了好幾個家人，手內持著器械，到園踹看動靜。眾人勸他不依。到了園中，果然陰氣逼人。賈赦還扎掙前走，跟的人都探頭縮腦的。內中有個年輕的家人，心內已經害怕，只聽「呼」的一聲，回過頭來，只見五色燦爛的一件東西跳過去了，唬得「噯喲」一聲，腿子發軟，便躺倒了。

……賈赦回身查問，那小子喘噓噓的回道：「親眼看見一個黃臉紅鬚，綠衣青裳，一個妖怪走到樹林子後頭山窟窿裡去了。」

賈赦聽了，便也有些膽怯，問道：「你們都看見麼？」

有幾個推順水船兒的回說：「怎麼沒瞧見，因老爺在頭裡，不敢驚動罷了。奴才們還撐得住。」

說得賈赦害怕，也不敢再走，急急的回來，吩咐小子們：「不用提及，只說看遍了，沒有什麼東西。」心裡實也相信，要到真人府裡請法官驅邪。

豈知那些家人無事還要生事，今見賈赦怕了，不但不瞞著，反添些穿鑿，說得人人吐舌。

……賈赦沒法，只得請道士到園作法，驅邪逐妖。擇吉日，先在省親正殿上鋪排起壇場來。供上三清聖像，旁設二十八宿，並趙、馬、溫、周四大將，下排三十六天將圖像。香花燈燭設滿一堂，鐘鼓法器排列兩邊，插著五方旗號。道紀司派定四十九位道眾的執事，淨了一天的壇。

三位法官行香取水畢，然後擂起法鼓。法師們俱戴上七星冠，披上九宮八卦的法衣，踏著登雲履，手執牙笏，便拜表請聖。又念了一天的消災驅邪接福的《洞元經》，以後便出榜召將。榜上大書「太乙混元上清三境靈寶符錄演教大法師行文敕令本境諸神到壇聽用。」

…那日，兩府上下爺們仗著法師擒妖，都到園中觀看，都說：「好大法令！呼神遣將的鬧起來，不管有多少妖怪也唬跑了。」大家都擠到壇前。只見小道士們將旗旛舉起，按定五方站住，伺候法師號令。三位法師，一位手提寶劍，拿著法水；一位捧著七星皂旗；一位舉著桃木打妖鞭，立在壇前。只聽法器一停，上頭令牌三下，口中念起咒來，那五方旗便團團散布。法師下壇，叫本家領著到各處樓閣殿亭，房廊屋舍，山崖水畔，灑了法水，將劍指畫了一回。回來連擊令牌，將七星旗祭起，眾道士將旗旛一聚，接下打妖鞭望空打了三下。

本家眾人都道拿住妖怪，爭著要看，及到跟前，並不見有什麼形響。只見法師叫眾道士拿取瓶罐，將妖收下，加上封條，法師硃筆書符收禁，令人帶回在本觀塔下鎮住，一面撤壇謝將。

……賈赦恭敬叩謝了法師。賈蓉等小弟兄背地都笑個不住，說：「這樣的大排場，我打量拿著妖怪給我們瞧瞧，到底是些什麼東西，那裡知道是這樣收羅！究竟妖怪拿去了沒有？」

賈珍聽見，罵道：「糊塗東西！妖怪原是聚則成形，散則成氣，如今多少神將在這裡，還敢現形嗎？無非把這妖氣收了，便不作祟，就是法力了。」眾人將信將疑，且等不見響動再說。

⋯那些下人只知妖怪被擒，疑心去了，便不大驚小怪，往後果然沒人提起了。賈珍等病愈復原，都道法師神力。獨有一個小廝笑說道：「頭裡那些響動，我也不知道。就是跟著大老爺進園這一日，明明是個大公野雞飛過去了；拴兒嚇離了眼，說的活像！我們都替他圓了個謊，大老爺就認真起來。倒瞧了很熱鬧的壇場！」眾人雖然聽見，那裡肯信？究無人敢住。

※　※　※

⋯一日，賈赦無事，正想要叫幾個家下人搬住園中，看守房屋，惟恐夜間藏匿奸人。方欲傳出話去，只見賈璉進來，請了安，回說：「今日到大舅家去，聽見一個荒信[6]，說是二叔被節度使參進來，為的是失察屬員，重徵糧米，請旨革職的事。」

賈赦聽了，吃驚道：「只怕是謠言罷？前兒你二叔帶書子來說，探春於某日到了任所，擇了某日吉時，送你妹子到了海疆，路上風恬浪靜，合家不必掛念。還說節度認親，倒設席賀喜。那裡有做了親戚倒提參起來的？且不必言語，快到吏部打聽明白，就來回我。」

……賈璉即刻出去，不到半日回來，便說：「才到吏部打聽，果然二叔被參。題本上去，虧得皇上的恩典，沒有交部，便下旨意，說是失察屬員，重徵糧米，苛虐百姓，本應革職，姑念初膺外任，不諳吏治，被屬員蒙蔽，著降三級，加恩仍以工部員外上行走[7]，並令即日回京。

6. 荒信——不確定或沒有證實的消息。

7. 行走——入值辦事的意思。

「這信是準的。正在吏部說話的時候，來了一個江西引見的知縣，說起我們是很感激的。但說是個好上司，只是用人不當，那些家人至外招搖撞騙，欺凌屬員，已經把好名聲都弄壞了。節度大人早已知道，也說我們二叔是個好人。不知怎麼樣，這回又參了。想是忒鬧得不好，恐將來弄出大禍，所以借了一件失察的事情參的，倒是避重就輕的意思，也未可知。」

賈赦未聽說完，便叫賈璉：「先去告訴你嬸子知道，且不必告訴老太太就是了。」

……賈璉去回王夫人。未知有何話說，下回分解。

◎第一〇三回◎

施毒計金桂自焚身
昧真禪雨村空遇舊

……話說賈璉到了王夫人那邊，一一的說了。次日，到了部裡，打點停妥，回來又到王夫人那邊，將打點吏部之事告知。

王夫人便道：「打聽準了麼？果然這樣。老爺也願意，合家也放心。那外任何嘗是做得的？不是這樣回來，只怕叫那些混帳東西把老爺的性命都坑了呢！」

賈璉道：「太太那裡知道？」

王夫人道：「自從你二叔放了外任。並沒有半個錢拿回來，把家裡的倒掏摸了好些去了。你瞧，那些跟老爺去的人，她男人在外頭不多幾時，那些小老婆子們都金頭銀面的妝扮起來了，可不是在外頭瞞著老爺弄錢？

「你叔叔就由著他們鬧去。要弄出事來，不但自己的官做不成，只怕連祖上的官也要抹掉了呢！」

……賈璉道：「太太說的很是。方才我聽見參了，嚇得了不得，只等打聽明白才放心。也願意老爺做個京官，安安逸逸的做幾年，才保得住一輩子聲名。就是老太太知道了，倒也是放心的。只要太太說的寬緩些。」

王夫人道：「我知道，你到底再去打聽打聽。」

……賈璉答應了，才要出來，只見薛姨媽家的老婆子慌慌張張的走來，到王夫人裡間屋內，也沒說請安，便道：「我們太太叫我來告訴這裡的姨太太說：我們家了不得了，又鬧出事來了！」

王夫人聽了，便問：「鬧出什麼事來？」

那婆子又說：「了不得，了不得！」

王夫人哼道：「糊塗東西！有緊要事，妳到底說呀！」

婆子便說：「我們家二爺不在家，一個男人也沒有，這件事情怎麼辦？要求太太打發幾位爺們去料理料理。」

……王夫人聽著不懂，便著急道：「到底要爺們去幹什麼？」

婆子道：「我們大奶奶死了！」

王夫人聽了，便啐道：「這種女人死，死了罷咧，也值得大驚小怪的！」

婆子道：「不是好好兒死的，是混鬧死的！快求太太打發人去辦辦！」說著，就要走。

王夫人又生氣，又好笑，說：「這老婆子好混帳！璉哥兒，倒不如你去瞧瞧，別理那糊塗東西。」那婆子沒聽見打發人去，只聽見「別理她」，她便賭氣跑回去了。

…這裡，薛姨媽正在著急，再等不來。好容易那婆子來了，便問：「姨太太打發誰來？」

婆子嘆說道：「人最不要有急難事。什麼好親好眷，看來也不中用！姨太太不但不肯照應我們，倒罵我糊塗。」

薛姨媽聽了，又氣又急，道：「姨太太不管，妳姑奶奶怎麼說了？」婆子道：「姨太太既不管，我們家的姑奶奶自然更不管了，沒有去告訴。」

薛姨媽啐道：「姨太太是外人，姑娘是我養的，怎麼不管？」

婆子一時省悟道：「是啊！這麼著，我還去。」

…正說著，只見賈璉來了，給薛姨媽請了安，道了惱，回說：「我嬸子知道弟婦死了，問老婆子，再說不明，著急的很，打發我來問個明白。還叫我在這裡料理。該怎麼樣，姨太太只管說了辦去。」

薛姨媽本來氣得乾哭，聽見賈璉的話，便趕忙說：「倒叫二爺費心。我說姨太太是待我最好的，都是這老貨說不清，幾乎誤了事。請二爺坐下，等我慢慢的告訴你。」

便說：「不為別的事，為的是媳婦不是好死的。」

賈璉道：「想是為兄弟犯事，怨命死的？」

……薛姨媽道：「若這樣，倒好了！前幾個月頭裡，她天天蓬頭赤腳的瘋鬧。後來聽見你兄弟問了死罪，她雖哭了一場，以後倒擦脂抹粉的起來。我要說她，又要吵個了不得，我總不理她。

「有一天，不知為什麼來要香菱去作伴兒。我說：『妳放著寶蟾，要香菱做什麼？況且香菱是妳不愛的，何苦惹氣呢？』

她必不依。我沒法兒，只得叫香菱到她屋裡去。可憐香菱不敢違我的話，帶著病就去了。

「誰知道她待香菱很好，我倒喜歡，你大妹妹知道了，說：『只怕不是好心罷？』我也不理會。頭幾天香菱病著，她倒親手去做湯給她喝。誰知香菱沒福，剛端到跟前，她自己燙了手，連碗都砸了。我只說必要遷怒在香菱身上。她倒沒生氣，自己還拿笤帚掃了，拿水潑淨了地，仍舊兩個人很好。

「昨兒晚上，又叫寶蟾去做了兩碗湯來，自己說和香菱一塊喝。隔了一回，聽見她屋裡兩隻腳蹬響，寶蟾急的亂嚷，香菱也嚷著，扶著牆出來叫人。我忙著看去，只見媳婦鼻子、眼睛裡都流出血來，在地下亂滾，兩隻手在心口裡亂抓，兩隻腳亂蹬，把我就嚇死了！問她也說不出來，鬧了一回就死了。

「我瞧那個光景，是服了毒的。寶蟾就哭著來揪香菱，說她拿藥藥死奶奶了。我看香菱也不是這麼樣的人。再者，她病得起還起不來，怎麼能藥人呢？無奈寶蟾一口咬定。

「我的二爺，這叫我怎麼辦？只得硬著心腸，叫老婆子們把香菱捆了，交給寶蟾，便把房門反扣了。我和你二妹妹守了一夜，等府裡的門開了，才告訴去的。二爺！你是明白人，這件事怎麼好？」

……賈璉道：「夏家知道了沒有？」

薛姨媽道：「也得撕擄明白了才好報啊！」

賈璉道：「據我看起來，必要經官[1]才了得下來。我們自然疑在寶蟾身上，別人卻說寶蟾為什麼藥死她姑娘呢？若說在香菱身上，竟還裝得上。」

……正說著，只見榮府的女人們進來說：「我們二奶奶來了。」

1. **經官**——經過官府。指訴訟、打官司。

賈璉雖是大伯子，因從小兒見的，也不迴避。寶釵進來見了母親，又見了賈璉，便往裡間屋裡和寶琴坐下。

薛姨媽進來也將前事告訴了一遍。寶釵便說：「若把香菱捆了，可不是我們也說是香菱藥死的了麼？媽媽說，這湯是寶蟾做的，就該捆起寶蟾來問她呀。一面便該打發人報夏家去，一面報官才是。」薛姨媽聽見有理，便問賈璉。

賈璉道：「二妹子說的很是。報官還得我去，托了刑部裡的人，相驗問口供的時候有照應得。只是要捆寶蟾，放香菱，倒怕難些。」

薛姨媽道：「並不是我要捆香菱，我恐怕香菱病中受冤著急，一時尋死，又添了一條人命，才捆了交給寶蟾，也是一個主意。」

賈璉道：「雖是這麼說，我們倒幫了寶蟾了。若要放都放，要捆都捆，她們三個人是一處的。只要叫人安慰香菱就是了。」

薛姨媽便叫人開門進去。寶釵就派了帶來的幾個女人幫著捆寶蟾。只見香菱已哭的死去活來。寶蟾反得意洋洋，以後見人要捆她，便亂嚷起來。那禁得榮府的人吆喝著，也就捆了，竟開著門，好叫人看著。這裡報夏家的人已經去了。

……那夏家先前不住在京裡，因近年消索[2]，又記掛女兒，新近搬進京來，父親已歿，只有母親，又過繼了一個混帳兒子，把家業都花完了，不時的常到薛家。

那金桂原是個水性人兒，那裡守得住空房，況兼天天心裡想念薛蝌，便有些饑不擇食的光景。無奈她這一乾兄弟又是個蠢貨，雖有些知覺，祇是尚未入港。所以金桂時常回去，也幫貼他些銀錢。

這些時正盼金桂回家，只見薛家的人來，心裡就想，又拿什麼東西來了。不料說這裡的姑娘服毒死了，他就氣的亂嚷亂

2. 消索——寂寞冷漠。

叫。金桂的母親聽見了，更哭喊起來，說：「好端端的女孩兒在他家，為什麼服了毒呢？」哭著喊著的，帶了兒子，也等不得僱車，便要走來。

那夏家本是買賣人家，如今沒了錢，那顧什麼臉面？兒子頭裡就走，她跟了個跛老婆子出了門，在街上哭哭啼啼的僱了一輛車，一直跑到薛家。進門也不搭話，就兒一聲、肉一聲的要討人命。

……那時賈璉到刑部去托人，家裡只有薛媽媽、寶釵、寶琴，何曾見過這個陣仗兒，嚇的不敢則聲。要和她講理，她也不聽，只說：「我女孩兒在妳家得過什麼好處？兩口子朝打暮罵，鬧了幾時，還不容他兩口子在一處。妳們商量著把我女婿弄在監裡，永不見面。妳們娘兒們仗著好親戚受用也罷了，還嫌她礙眼，叫人藥死她，倒說是服毒！她為什麼服毒？」

說著，直奔薛姨媽來。薛姨媽只得退後，說：「親家太太！且請瞧瞧妳女孩兒，問問寶蟾，再說歪話不遲。」寶釵寶琴因外面有夏家的兒子，難以出來攔護，只在裡邊著急。

……恰好王夫人打發周瑞家的照看。一進門來，見一個老婆子指著薛姨媽臉哭罵。周瑞家的知道必是金桂的母親，便走上來說：「這位是親家太太麼？奶奶自己服毒死的，與我們姨太太什麼相干？也不犯這麼糟蹋呀！」

那金桂的母親問：「妳是誰？」

薛姨媽見有了人，膽子略壯了些，便說：「這就是我們親戚賈府裡的。」

金桂的母親便道：「誰不知道妳們有仗腰子的親戚，才能夠叫姑爺坐在監裡！如今我的女孩兒倒白死了不成？」

說著，便拉薛姨媽說：「妳到底把我女孩兒怎麼弄殺了？給我瞧瞧！」周瑞家的一面勸說：「只管瞧瞧，用不著拉拉扯扯。」便把手一推。

……夏家的兒子便跑進來不依，道：「妳仗著府裡的勢頭兒來打我母親麼？」說著，便將椅子打去，卻沒有打著。裡頭跟寶釵的人聽見外頭鬧起來，趕著來瞧，恐怕周瑞家的吃虧，齊打夥的上去，半勸半喝。

那夏家的母子索性撒起潑來，說：「知道你們榮府的勢頭兒！我們家的姑娘已經死了，如今也都不要命了！」說著，仍奔薛姨媽拚命。地下的人雖多，那裡擋得住？自古說的：「一人拚命，萬夫莫當。」

……正鬧到危急之際，賈璉帶了七八個人進來，見是如此，便叫人先把夏家的兒子拉出去，便說：「你們不許鬧，有話好好兒的說。快將家裡收拾收拾，刑部裡的老爺們就來相驗了。」

金桂的母親正在撒潑，只見來了一位老爺，幾個在頭裡吆喝，那些人都垂手侍立。金桂的母親見這個光景，也不知是賈府何人。又見她兒子已被眾人揪住，又聽見說刑部來驗，她心裡原想看見女兒屍首，先鬧了一個稀爛再去喊官去，不承望這裡先報了官，也更軟了些。

…薛姨媽已嚇糊塗了，還是周瑞家的回說：「他們來了，也沒去瞧瞧他姑娘，便作踐起姨太太來了。我們為好勸他，那裡跑進一個野男人，在奶奶們裡頭混撒村混打，這可不是沒有王法了！」

賈璉道：「這回子不用和他講，等回來打著問他，說：男人有男人的地方兒，裡頭都是些姑娘、奶奶們。況且有她母親還瞧不見他們姑娘麼？他跑進來，不是要打搶來了麼？」家人們做好做歹，壓伏住了。

……周瑞家的仗著人多，便說：「夏太太，妳不懂事！既來了，該問個青紅皂白。妳們姑娘自己服毒死了；不然，就是寶蟾藥死她主子了。怎麼不問明白，又不看屍首，就想訛人來了呢？我們就肯叫一個媳婦兒白死了不成？

「現在把寶蟾捆著；因為你們姑娘必要點病兒，所已叫香菱陪著她，也在一個屋裡住；故此，兩個人都看守在那裡。原等妳們來眼看著刑部相驗，問出道理來才是啊！」

……金桂的母親此時勢孤，也只得跟著周瑞家的到她女孩兒屋裡，只見滿臉黑血，直挺挺的躺在炕上，便叫哭起來。寶蟾見是她家的人來，便哭喊說：「我們姑娘好意待香菱，叫她在一塊兒住，她倒抽空兒藥死我們姑娘！」

那時薛家上下人等俱在，便齊聲吆喝道：「胡說！昨日奶奶喝了湯才藥死的，這湯可不是妳做的？」

寶蟾道：「湯是我做的，端了來，我有事走了。不知香菱起來放了些什麼在裡頭，藥死的。」金桂的母親沒聽完，就奔香菱，眾人攔住。

薛姨媽道：「這樣子是砒霜藥的，家裡決無此物。不管香菱、寶蟾，終有替她買的，回來刑部少不得問出來，纏賴不去。如今把媳婦權放平正，好等官來相驗。」眾婆子上來抬放。

……寶釵道：「都是男人進來，妳們將女人動用的東西檢點檢點。」只見炕褥底下有一個揉成團的紙包兒。金桂的母親瞧見，便拾起，打開看時，並沒有什麼，便撩開了。

寶蟾看見，道：「可不是有了憑據了！這是紙包兒，我認得。

頭幾天，耗子鬧得慌，奶奶家去找舅爺要的，拿回來擱在首飾匣內。必是香菱看見了，拿來藥死奶奶的。若不信，你們看看首飾匣裡有沒有了。」

……金桂的母親便依著寶蟾的話，取出匣子來，只有幾支銀簪子。薛姨媽便說：「怎麼好些首飾都沒有了？」寶釵叫人打開箱櫃，俱是空的，便道：「嫂子這些東西被誰拿去？這可要問寶蟾。」金桂的母親心裡也虛了好些，見薛姨媽查問寶蟾，便說：「姑娘的東西，她那裡知道？」周瑞家的道：「親家太太別這麼說呢。我知道，寶姑娘是天天跟著大奶奶的，怎麼說不知道？」寶蟾見問得緊，又不好胡賴，只得說道：「奶奶每每自己帶回家去，我管得麼？」

眾人便說：「好個親家太太！哄著拿姑娘的東西，哄完了，叫她尋死，來訛我們！好罷了，回來相驗，就是這麼說。」寶釵叫人：「到外頭告訴璉二爺說，別放了夏家的人！」

……裡頭金桂的母親忙了手腳，便罵寶蟾道：「小蹄子別嚼舌頭了！姑娘幾時拿東西到我家去？」寶蟾道：「如今東西是小，給姑娘償命是大。」寶琴道：「有了東西，就有償命的人了！快請璉二哥哥問準了夏家的兒子買砒霜的話，回來好回刑部裡的話。」金桂的母親著了急道：「這寶蟾必是撞見鬼了，混說起來！我們姑娘何嘗買過砒霜，要這麼說，必是寶蟾藥死的了！」

……寶蟾急的亂嚷，說：「別人賴我也罷了，怎麼妳們也賴起我來呢？妳們不是常和姑娘說，叫她別受委屈，鬧得他們家破人亡，那時將東西捲包兒一走，再配一個好姑爺；這個話，是有的沒有？」金桂的母親還未及答言，周瑞家的便接口說道：「這是你們家的人說的，還賴什麼呢？」

金桂的母親恨的咬牙切齒的罵寶蟾，說：「我待她不錯呀！為什麼妳倒拿話來葬送我呢？回來見了官，我就說是妳藥死姑娘的！」寶蟾氣得瞪著眼說：「請太太放了香菱罷，不犯著白害別人，我見官自有我的話。」

……寶釵聽出這個話頭兒來了，便叫人反倒放開了寶蟾，說：「妳原是個爽快人，何苦白冤在裡頭？妳有話索性說了，大家明白，豈不完了事了呢？」

寶蟾也怕見官受苦，便說：「我們奶奶天天抱怨說：『我這樣人，為什麼碰著這個瞎眼的娘，不配給二爺，偏給了這麼個混帳糊塗行子？要是能夠同二爺過一天，死了也是願意的！』說到那裡，便恨香菱。

「我起初不理會，後來，看見和香菱好了，我只道是香菱怎麼哄轉了。不承望昨兒的湯不是好意。」金桂的母親接說道：「益發胡說了！若是要藥香菱，為什麼倒藥死了自己呢？」

…寶釵便問道：「香菱，昨日妳喝湯來著沒有？」

香菱道：「頭幾天我病的抬不起頭來，奶奶叫我喝，我不敢說不喝。剛要扎掙起來，那碗湯已經撒了，倒叫奶奶收拾個難，我心裡很過不去。「昨兒聽見叫我喝湯，我喝不下去，沒有法兒，正要喝的時候兒，偏又頭暈起來。見寶蟾姐姐端了去，我正喜歡，剛合上眼，奶奶自己喝著湯，叫我嘗嘗，我便勉強也喝了。」

…寶蟾不待說完便道：「是了！我老實說罷。昨兒奶奶叫我做兩碗湯，說是和香菱同喝。我氣不過，心裡想著：香菱那裡配我做湯給她喝？我故意的一碗裡頭多抓了一把鹽，記了暗記兒，原想給香菱喝的。

「剛端進來，奶奶卻攔著我叫外頭叫小子們僱車，說今日回家去。我出去說了回來，見鹽多的這碗湯在奶奶跟前呢。我恐怕奶奶喝著鹹，又要罵我。正沒法的時候，奶奶往後頭走動，我眼錯不見，就把香菱這碗湯換過來了。也是合該如此。

「奶奶回來就拿了湯去到香菱床邊，喝著說：『妳到底嘗嘗。』那香菱也不覺鹹，兩個人都喝完了。我正笑香菱沒嘴道兒[3]，那裡知道這死鬼奶奶要藥香菱，必定趁我不在，將砒霜撒上了，也不知道我換碗。這可就是『天理昭彰，自害自身』了！」於是眾人往前後一想，真正一絲不錯，便將香菱也放了，扶著她仍舊睡在床上。

3. 嘴道兒——辨別滋味的能力。

…不說香菱得放，且說金桂的母親心虛事實，還想辨賴。薛姨媽等你言我語，反要他兒子償還金桂之命。

正然吵嚷，賈璉在外嚷說：「不用多說了，快收拾停當。刑部的老爺就到了。」

此時惟有夏家母子著忙，想來總要吃虧的，反求薛姨媽道：「千不是，萬不是，總是我死的女孩兒不長進。這也是她自做自受。要是刑部相驗，到底府上臉面也不好看，求親家太太息了這件事罷！」

寶釵道：「那可使不得。已經報了，怎麼能息呢？」

周瑞家的等人大家做好做歹的勸說：「若要息事，除非夏親家太太自己出去攔驗，我們不提長短罷了。」

賈璉在外也將她兒子嚇住。他情願迎到刑部具結攔驗，眾人依允。薛姨媽命人買棺成殮。不提。

……※……※……※……

……且說賈雨村陞了京兆府尹，兼管稅務。一日，出都查勘開墾地畝，路過知機縣，到了急流津，正要渡過彼岸，因待人夫，暫且停轎。只見村旁有一間小廟，牆壁坍頹，露出幾株古松，倒也蒼老。雨村下轎，閒步進廟，但見廟內神像金身脫落，殿宇歪斜，旁有斷碣，字跡模糊，也看不明白。意欲行至後殿，只見一株翠柏下蔭著一間茅廬，廬中有一個道士，合眼打坐。

……雨村走近看時，面貌甚熟，想著倒像在那裡見過的，再想不起來。從人便欲吆喝，雨村止住，徐步向前，叫一聲「老道。」那道士雙眼略啟，微微的笑道：「貴官何事？」雨村便道：「本府出都查勘事件，路過此地，見老道靜修自得，想來道行深通，意欲冒昧請教。」那道人說：「來自有地，去自有方。」

……雨村知是有些來歷的，便長揖請問：「老道從何處修來，在此結廬？此廟何名？廟中共有幾人？或欲真修，豈無名山；或欲結緣，何不通衢？」

那道人道：「葫蘆尚可安身，何必名山結舍。廟名久隱，斷碣猶存，形影相隨，何須修募？豈似那『玉在匱中求善價，釵於匣內待時飛』之輩耶？」

……那雨村原是個穎悟人，初聽見「葫蘆」兩字，後聞「玉釵」一對，忽然想起甄士隱的事來，重覆將道士端詳一回，見他容貌依然，便屏退從人，問道：「君家莫非甄老先生麼？」

那道人微微笑道：「什麼『真』？什麼『假』？要知道『真』即是『假』，『假』即是『真』。」

雨村聽說出『賈』字來，益發無疑；便重新施禮，道：「學生自蒙慨贈到都，托庇獲雋公車[4]，受任貴鄉，始知老先生超悟

4.公車——進京參加會試的舉人是由各省派送，依漢代孝廉皆乘公家的馬車赴京慣例，對進京參加會試的舉人又稱為「公車」。

塵凡，飄舉仙境。學生雖溯洄思切，自念風塵俗吏，未由再睹仙顏，今何幸於此處相遇，求老仙翁指示愚蒙。倘荷不棄，京寓甚近，學生當得供奉，得以朝夕聆教。」

……那道人也站起來，回禮道：「我於蒲團之外，不知天地間尚有何物。適才尊官所言，貧道一概不解。」說畢，依舊坐下。

雨村復又心疑：「想去若非士隱，何貌言相似若此？離別來十九載，面色如舊，必是修煉有成，未肯將前身說破。但我既遇恩公，又不可當面錯過。看來不能以富貴動之，那妻女之私更不必說了。」

想罷，又道：「仙師既不肯說破前因，弟子於心何忍？」正要下禮，只見從人進來稟說天色將晚，快請渡河。

雨村正無主意，那道人道：「請尊官速登彼岸，見面有期，遲則風浪頓起。果蒙不棄，貧道他日尚在渡頭候教。」說畢，仍合眼打坐。

……雨村無奈，只得辭了道人出廟。正要過渡，只見一人飛奔而來。未知何事，下回分解。

◎第一〇四回◎

醉金剛小鰍生大浪
癡公子餘痛觸前情

……話說賈雨村剛欲過渡，見有人飛奔而來，跑到跟前，口稱：「老爺，方才逛的那廟火起了！」雨村回首看時，只見烈焰燒天，飛灰蔽日。雨村心想：「這也奇怪！我才出來，走不多遠，這火從何而來？莫非士隱遭劫於此？」欲待回去，又恐誤了過河；若不回去，心下又不安。想了一想，便問道：「你方才見那老道士出來了沒有？」那人道：「小的原隨老爺出來，因腹內疼痛，略走了一走。回頭看見一片火光，原來就是那廟中起火，特趕來稟知老爺，並沒有見人出來。」

雨村雖則心裡狐疑，究竟是名利關心的人，那肯回去看視？便叫那人：「你在這裡等火滅了，進去瞧那老道在與不在，即來回稟。」那人只得答應了伺候。

……雨村過河，仍自去查看。查了幾處，遇公館便自歇下。明日，又行一程，進了都門，眾衙役接著，前呼後擁的走著。雨村坐在轎內，聽見轎前開路的人吵嚷。雨村問是何事，那開路的拉了一個人過來，跪在轎前，稟道：「那人酒醉不知迴避，反衝突過來。小的吆喝他，他倒恃酒撒賴，躺在街心，說小的打了他了。」

雨村便道：「我是管理這裡地方的，你們都是我的子民。知道本府經過，喝了酒，不知退避，還敢撒賴！」

那人道：「我喝酒是自己的錢，醉了躺的是皇上的地。就是大人老爺也管不得！」

雨村怒道：「這人目無法紀！問他叫什麼名字。」

那人回道：「我叫醉金剛倪二。」

雨村聽了生氣，叫人：「打這東西，瞧他是金剛不是！」手下把倪二按倒，著實的打了幾鞭子。

倪二負痛，酒醒求饒，雨村在轎內哈哈笑道：「原來是這麼個金剛！我且不打你，叫人帶進衙門，慢慢的問你。」眾衙役答應，拴了倪二，拉著便走。倪二哀求，也不中用。

……雨村進內覆旨回曹[1]，那裡把這件事放在心上？那街上看熱鬧的，三三兩兩傳說：「倪二仗著有些力氣，恃酒訛人，今兒碰在賈大人手裡，只怕不輕饒的！」這話已傳到他妻女耳邊，那夜果等倪二不見回家，他女兒便到各處賭場尋覓。那賭博的都是這麼說，他女兒急得哭了。

眾人都道：「妳不用著急。那賈大人是榮府的一家。榮府裡的

1. 曹——古代分科辦事的官署。

一個什麼二爺，和妳父親相好，妳同妳母親去找他說個情，就放出來了。」

倪二的女兒想了一想：「果然我父親常說，間壁賈二爺和他好，為什麼不找他去？」趕著回來就和母親說了，娘兒兩個去找賈芸。

……那日，賈芸恰好在家，見他母女兩個過來，便讓坐。賈芸的母親便命倒茶。倪家母女將倪二被賈大人拿去的話說了一遍：「求二爺說情放出來！」

賈芸一口應承，說：「這算不得什麼，我到西府裡說一聲，就放了。那賈大人全仗著西府裡才做了這麼大官，只要打發個人去一說就完了。」

倪家母女歡心，回來便到府裡告訴了倪二，叫他不用忙，已經求了賈二爺，他滿口應承，討個情便放出來的。倪二聽了也喜歡。

……不料賈芸自從那日給鳳姐送禮不收，不好意思進來，也不常到榮府。那榮府的原看著主子的行事，叫誰走動，才有些體面，一時來了，他便進去通報；若主子不大理了，不論本家親戚，他一概不回，支回去就完事。

……那日賈芸到府上，說：「給璉二爺請安。」門上的說：「二爺不在家，等回來，我們替回罷。」賈芸欲要說「請二奶奶的安」，生恐門上厭煩，只得回家。又被倪家母女催逼著，說：「二爺常說府上不論那個衙門，說一聲兒誰敢不依。如今還是府裡的一家兒，又不為什麼大事，這個情還討不來，白是我們二爺了！」賈芸臉上下不來，嘴裡還說硬話：「昨兒我們家裡有事，沒打發人說去，少不得今兒說了就放。什麼大不了的事！」倪家母女只得聽信。

……豈知賈芸近日大門竟不得進去，繞到後頭，要進園內找寶玉，不料園門鎖著，只得垂頭喪氣的回來。想起：「那年倪二借銀與我，買了香料送她，才派我種樹。如今我沒錢打點，就把我拒絕。

「她也不是什麼好的，拿著太爺留下的公中銀錢在外放加一錢，我們窮本家要借一兩也不行。她打諒保得住一輩子不窮的了，那裡知道外頭的名聲兒很不好，我不說罷了；若說起來，人命官司不知有多少呢！」

一面想著，來到家中，只見倪家母女正等著呢。賈芸無言可支，便說：「西府裡已經打發人說了，只有賈大人不依。妳還求我們家的奴才周瑞的親戚冷子興去才中用。」

……倪家母女聽了，說：「二爺這樣體面爺們還不中用，若是奴才，是更不中用了。」

賈芸不好意思，心裡發急，道：「妳不知道，如今的奴子比主子強多著呢！」倪家母女聽來無法，只得冷笑幾聲，說：「這倒難為二爺白跑了這幾天！等我們那一個出來再道乏罷。」說畢出來，另托人將倪二弄出來了，只打了幾板，也沒有什麼罪。

……倪二回家，他妻女將賈家不肯說情的話說了一遍。倪二正喝著酒，便生氣要找賈芸，說：「這小雜種，沒良心的東西！頭裡他沒有飯吃，要到府內鑽謀事辦，虧我倪二爺幫了他。如今我有了事，他不管。好罷咧！要是我倪二鬧起來，連兩府裡都不乾淨！」

他妻女忙勸道：「噯，你又喝了黃湯，就是這麼有天沒日頭的。

前兒可不是醉了鬧的亂子，捱了打還沒好呢，你又鬧了！」

倪二道：「捱了打就怕他不成？只怕拿不著由頭！我在監裡的時候兒，倒認得了好幾個有義氣的朋友。聽見他們說起來，不獨是城裡姓賈的多，外省姓賈的也不少，前兒監裡收下了好幾個賈家的家人，我倒說這裡的賈家小一輩子連奴才們雖不好，他們老一輩的還好，怎麼犯了事呢？我打聽了打聽，說是和這裡賈家是一家兒，都住在外省，審明白了，解進來問罪的，我才放心。

「若說賈二這小子，他忘恩負義，我便和幾個朋友說他家怎麼倚勢欺人，怎麼盤剝[2]小民，怎麼強取有男婦女。叫他們吵嚷出來，有了風聲，到了都老爺耳朵裡，這一鬧起來，叫他們才認得倪二金剛呢！」

……他女人道：「你喝了酒，睡去吧。他又強占誰家的女人來

2.盤剝——反覆剝削。

了？沒有的事，你不用混說了。」

倪二道：「你們在家裡，那裡知道外頭的事？前年我在場兒裡碰見了小張，說他女人被賈家占了，他還和我商量，我倒勸著他才壓住了。不知道小張如今那裡去了，這兩年沒見。若碰著了他，我倪二出個主意，叫賈老二死，給我好好兒的孝敬孝敬我倪二太爺才罷了！妳倒不理我了！」說著，倒身躺下，嘴裡還是咕咕嘟嘟的說了一回，便睡去了。他妻女只當是醉話，也不理他。明日早起，倪二又往賭場中去了，不提。

……且說雨村回到家中，歇息了一夜，將道上遇見甄士隱的事告訴了他夫人一遍。他夫人便埋怨他：「為什麼不回去瞧一瞧？倘或燒死了，可不是咱們沒良心！」說著，掉下淚來。雨村道：「他是方外的人了，不肯和咱們在一處的。」正說著，外頭傳進話來，稟說：「前日老爺吩咐瞧那廟裡失火去的人回來了。」

……雨村踱了出來。那衙役打千請了安，回說：「小的奉老爺的命回去，也沒等火滅，冒著火進去瞧那道士，那裡知他坐的地方兒都燒了。小的想著那道士必燒死了。那燒的牆屋往後塌了，道士的影兒都沒有了。只有一個蒲團，一個瓢兒，還是好好的。

「小的各處找他的屍首，連骨頭都沒有一點兒。小的恐怕老爺不信，要拿這蒲團瓢兒回來做個證兒，小的這麼一拿，誰知都成了灰了。」雨村聽畢，心下明白，知士隱仙去，便把那衙役打發出去了。回到房中，並沒提起士隱火化之言，恐婦女不知，反生悲感，只說並無形跡，必是他先走了。

…雨村出來，獨坐書房，正要細想士隱的話，忽有家人傳報說：「內廷傳旨，交看事件。」雨村疾忙上轎進內。只聽見人說：「今日賈存周江西糧道被參回來，在朝內謝罪。」

雨村忙到了內閣，見了各大臣，將海疆辦理不善的旨意看了，出來即忙著找賈政，先說了些為他抱屈的話，後又道喜，問一路可好。賈政也將違別以後的話細細的說了一遍。雨村道：「謝罪的本上去了沒有？」

賈政道：「已上去了。等膳後下來，看旨意罷。」

…正說著，只聽裡頭傳出旨來叫賈政，賈政即忙進去。各大人有與賈政關切的，都在裡頭等著。等了好一會，方見賈政出來。看見他帶著滿頭汗，眾人迎上去接著，問：「有什麼旨意？」

賈政吐舌道：「嚇死人，嚇死人！倒蒙各位大人關切，幸喜沒有什麼事。」

眾人道：「旨意問了些什麼？」

賈政道：「旨意問的是雲南私帶神槍一案。本上奏明是原任太師賈化的家人，主上一時記著我們先祖的名字，便問起來。我忙著磕頭奏明先祖的名字是代化。主上便笑了，還降旨意說：『前放兵部，後降府尹的不是也叫賈化麼？』」

……那時雨村也在旁邊，倒嚇了一跳，便問賈政道：「老先生是怎麼奏的？」

賈政道：「我便慢慢奏道：『原任太師賈化是雲南人；現任府尹賈某是浙江人。』主上又問『蘇州刺史奏的賈範，是你一家麼？』我又磕頭奏道：『是。』主上便變色道：『縱使家奴強占良民妻女，還成事麼？』我一句不敢奏。主上又問道：『賈範是你什麼人？』我忙奏道：『是遠族。』主上哼了一聲，降旨叫出來了。可不是詫事！」

眾人道：「本來也巧，怎麼一連有這兩件事？」

賈政道：「事倒不奇，倒是都姓賈的不好。算來我們寒族人多，年代久了，各處都有。現在雖沒有事，究竟主上記著一個『賈』字就不好。」

眾人說：「真是真，假是假，怕什麼？」

賈政道：「我心裡巴不得不做官，只是不敢告老，現在我們家裡兩個世襲，這也無可奈何的。」

雨村道：「如今老先生仍是工部，想來京官是沒有事的。」

賈政道：「京官雖然無事，我究竟做過兩次外任，也就說不齊了。」

眾人道：「二老爺的人品行事，我們都佩服的。就是令兄大老爺，也是個好人。只要在令姪等身上嚴緊些就是了。」

賈政道：「我困在家的日子少，舍姪的事情不大查考，我心裡也不甚放心。諸位今日提起，都是至相好，或者聽見東宅的姪兒家有什麼不奉規矩的事麼？」

眾人道：「沒聽見別的，只有幾位侍郎心裡不大和睦，內監裡頭也有些。想來不怕什麼，只要囑咐那邊令姪諸事留神就是了。」眾人說畢，舉手而散。

……賈政然後回家。眾子姪等都迎接上來。賈政迎著，請賈母的安，然後眾子姪俱請了賈政的安，一同進府。王夫人等已到了榮禧堂迎接。賈政先到了賈母那裡拜見了，陳述些違別的話。

賈母問探春消息，賈政將許嫁的事都稟明了，還說：「兒子起身急促，難過重洋，雖沒有親見，聽見那邊的人來，說的極好。親家老爺、太太都說，請老太太的安。還說今冬明春，大約還可調進京來。這便好了。如今聞得海疆有事，只怕那時還不能調。」

…賈母始則為賈政降調回來，知探春遠在他鄉，一無親故，心下傷感；後聽賈政將官事說明，探春安好，也便轉悲為喜，便笑著叫賈政出去。然後弟兄相見，眾子姪拜見，定了明日清晨拜祠堂。

…賈政回到自己屋內，王夫人等見過，寶玉、賈璉替另拜見，賈政見了寶玉果然比起先臉面豐滿，倒覺安靜，並不知他心裡糊塗，所以心甚喜歡，不以降調為念，心想：「幸虧老太太辦理的好。」又見寶釵沉厚更勝先時，蘭兒文雅俊秀，便喜形於色。獨見環兒仍是先前，究不甚鍾愛。

歇息了半天，忽然想起：「為何今日短了一人？」王夫人知是想著黛玉，前因家書未報，今日又剛到家，正是喜歡，不便直告，只說是病著。豈知寶玉的心裡已知刀絞，因父親到家，只得把持心性伺候，王夫人設筵接風，子孫敬酒。鳳姐雖是姪媳，現辦家事，也隨了寶釵等遞酒。賈政便叫：「遞了一巡酒，都歇息去罷。」命眾家人不必伺候，待明早拜過宗祠，然後進見。

……分派已定，賈政與王夫人說些別後的話，餘者王夫人都不敢言。倒是賈政先提起王子騰的事來，王夫人也不敢悲戚。賈政又說蟠兒的事，王夫人只說他是自作自受；趁便也將黛玉已死的話告訴。賈政反嚇了一跳，不覺掉下淚來，連聲嘆息。王夫人掌不住，也哭了。旁邊彩雲等即忙拉衣，王夫人止住，重又說些喜歡的話，便安寢了。

……次日一早，至宗祠行禮，眾子姪都隨往。賈政便在祠旁廂房坐下，叫了賈珍賈璉過來，問起家中事務。賈珍揀可說的說了，賈政又道：「我初回家，也不便細細查問，只是聽見外頭說起，你家裡更不比從前，諸事要謹慎才好。你年紀也不小了，孩子們該管教管教，別叫他們在外頭得罪人。璉兒也該聽著。不是才回家就說你們，因我有所聞，所以才說的。你們更該小心些。」賈珍等臉漲通紅的，也只答應個「是」字，不敢說什麼。賈政也就罷了。回歸西府，眾家人磕頭畢，仍復進內，眾女僕行禮，不必多贅。

……※……※……※……

……只說寶玉因昨日賈政問起黛玉，王夫人答以有病，他便暗裡傷心，直待賈政命他回去，一路上已滴了好些眼淚。回到房中，見寶釵和襲人等說話，他便獨坐外間納悶。寶釵叫襲人送過茶去，知他必是怕老爺查問功課，所以如此，只得過來安慰。

寶玉便借此說：「妳今夜先睡，我要定定神。這時更不如從前，三言倒忘兩語，老爺瞧著不好。妳們睡罷，叫襲人陪著我。」寶釵聽去有理，便自己到房先睡。

……寶玉輕輕的叫襲人坐著，央她：「把紫鵑叫來，有話問她。但是紫鵑見了我，臉上嘴裡總是有氣似的，須得妳去解釋開了再來才好。」

襲人道：「你說要定神，我倒喜歡，怎麼又定到這上頭去了？有話你明兒問不得？」

寶玉道：「我就是今晚得閒，明日倘或老爺叫幹什麼，便沒空了。好姐姐，妳快去叫她來！」

襲人道：「她不是二奶奶叫是不來的。」

寶玉道：「所以得妳去說明了才好。」

……襲人道：「叫我說什麼？」

寶玉道：「妳還不知道我的心和她的心麼？都為的是林姑娘。你說我並不是負心。我如今叫妳們弄成了一個負心的人了！」說著這話，便瞧瞧裡間屋子，用手指著說：「她是我本不願意的，都是老太太她們捉弄的。好端端把個林妹妹弄死了。就是她死，也該教我見見，說個明白，她自己死了也不怨我。妳是聽見三姑娘她們說的，臨死恨怨我。那紫鵑為她們姑娘，也恨得我了不得。

「妳想，我是無情的人麼？晴雯到底是個丫頭，也沒有什麼大好處，她死了，我老實告訴你罷，我還做個祭文去祭她。那時林姑娘還親眼見的。如今林姑娘死了，莫非倒不及晴雯麼？我連祭都不能祭一祭。況且林姑娘死了還有知的，她想起來不要更怨我麼？」

襲人道：「你要祭，便祭去，要我們做什麼？」

……寶玉道：「我自從好了起來，就想要做一首祭文的，不知道我如今一點靈機兒都沒有了。若祭別人，胡亂卻使得：若是她，斷斷俗俚不得一點兒的。所以叫紫鵑來問，她姑娘這條心，她們打那樣上看出來的。我沒病的頭裡還想的出來，一病後都不記得。

「妳說林姑娘已經好了，怎麼忽然死的？她好的時候我不去，她怎麼說？我病的時候她不來，她也怎麼說？所有她的東西，我誆了過來，妳二奶奶總不叫我動，不知什麼意思。」

襲人道：「二奶奶惟恐你傷心罷了，還有什麼？」

寶玉道：「我不信。既是她這麼念我，為什麼臨死都把詩稿燒了，不留給我作個紀念？又聽見說，天上有音樂響，必是她成了神，或是登了仙去。我雖見過了棺材，到底不知道棺材裡有她沒有？」

襲人道：「你這話越發糊塗了！怎麼一個人不死，就擱上一個空棺材，當死了人呢！」

寶玉道：「不是嗄！大凡成仙的人，或是肉身去的，或是脫胎去的。好姐姐，妳到底叫了紫鵑來，我問問！」

襲人道：「如今等我細細的說明了你的心。她若肯來還好，若不肯來，還得費多少話。就是來了，見你也不肯細說。據我主意：明後日等二奶奶上去了，我慢慢的問她，或者倒可仔細。遇著閒空兒，我再慢慢的告訴你。」

寶玉道：「妳說的也是。妳不知道我心裡的著急。」

⋯正說著，麝月出來說：「二奶奶說，天已四更了，請二爺進去睡罷。襲人姐姐必是說高了興了，忘了時候兒了。」

襲人聽了，道：「可不是？該睡了，有話明兒再說罷。」

寶玉無奈，只得含愁進去，又向襲人耳邊道：「明兒不要忘了。」

襲人笑說：「知道了。」

麝月笑道：「你們兩個又鬧鬼了。為什麼不和二奶奶說了，就到襲人那邊睡去？由著你們說一夜，我們也不管。」

寶玉擺手道：「不用言語。」

襲人恨道：「小蹄子兒，妳又嚼舌根，看我明兒撕妳的嘴！」回頭對寶玉道：「這不是二爺鬧的？說了四更的話，總沒有說到這裡。」一面說，一面送寶玉進屋，各人散去。

⋯那夜寶玉無眠，到了明日，還思這事。只聽得外面傳進話來，說：「眾親朋因老爺回家，都要送戲接風。老爺再四推辭，說：『唱戲不必，竟在家裡備了水酒，倒請親朋過來大家談談。』於是定了後兒擺席請人，所以進來告訴。」

不知所請何人，下回分解。

◎第一〇五回◎

錦衣軍查抄寧國府
驄馬使彈劾平安州

…話說賈政正在那裡設宴請酒，忽見賴大急忙走上榮禧堂來，回賈政道：「有錦衣府堂官趙老爺帶領好幾位司官，說來拜望。奴才要取職名來回，趙老爺說：『我們至好，不用的。』一面就下了車，走進來了。請老爺同爺們快接去。」

賈政聽了，心想：「趙老爺並無來往，怎麼也來？現在有客，留他不便，不留又不好。」正自思想，賈璉說：「叔叔快去罷。再想一回，人都進來了。」

…正說著，只見二門上家人又報進來，說：「趙老爺已進二門了。」賈政等搶步接去。只見趙堂官滿臉笑容，並不說什麼，一逕走上廳來。後面跟著五六位司官，也有認得的，也有不認得的，但是總不答話。

賈政等心裡不得主意，只得跟著上來讓坐。眾親友也有認得趙堂官的，見他仰著臉不大理人，只拉著賈政的手笑著說了幾句寒溫的話。眾人看來頭不好，也有躲進裡間屋的，也有垂手侍立的。

……賈政正要帶笑敘話，只見家人慌張報道：「西平王爺到了。」

賈政慌忙去接，已見王爺進來。趙堂官搶上去請了安，便說：「王爺已到，隨來的老爺們就該帶領府役把守前後門。」眾官應了出去。賈政等知事不好，連忙跪接。

西平郡王用兩手扶起，笑嘻嘻的說道：「無事不敢輕造，有奉旨交辦事件，要赦老接旨。如今滿堂中筵席未散，想有親友在此未便，且請眾位府上親友各散，獨留本宅的人聽候。」趙堂官回說：「王爺雖是恩典，但東邊的事，這位王爺辦事認真，想是早已封門。」

……眾人知是兩府干係，恨不能脫身。只見王爺笑道：「眾人只管就請。叫人來，給我送出去，告訴錦衣府的官員說：這都是親友，不必盤查，快快放出。」那些親友聽見，就一溜煙如飛的出去了。獨有賈赦賈政一干人，唬得面如土色，滿身發顫。

……不多一會，只見進來無數番役[1]，各門把守，本宅上下人等不能亂走。趙堂官便轉過一副臉來，回王爺道：「請爺宣旨意，就好動手。」這些番役都撩衣勒臂，專等旨意。西平王慢慢的說道：「小王奉旨，帶領錦衣府趙全來查看賈赦家

1.番役——明清時緝捕罪犯的差役。

產。」賈赦等聽見，俱俯伏在地。

……王爺便站在上頭說：「有旨意：『賈赦交通外官[2]，依勢凌弱，辜負朕恩，有忝祖德，著革去世職。欽此。』」趙堂官一疊聲叫：「拿下賈赦，其餘皆看守。」惟時賈赦、賈政、賈璉、賈珍、賈蓉、賈薔、賈芝、賈蘭俱在，惟寶玉假說有病，在賈母那裡打鬧，賈環本來不大見人的，所以就將現在幾人看住。

……趙堂官即叫他的家人：「傳齊司員[3]，帶同番役，分頭按房查抄登賬。」這一言不打緊，唬得賈政上下人等面面相看；喜得番役、家人摩拳擦掌，就要往各處動手。

西平王道：「聞得赦老與政老同房各爨[4]的，理應遵旨查看賈赦的家資。其餘且按房封鎖，我們覆旨去，再候定奪。」

2.交通外官——指京官私自結交外任官員，是結黨營私的罪名。

3.司員——即司官。

4.爨——燒火做飯。

趙堂官站起來說：「回王爺：賈赦賈政並未分家。聞得他姪兒賈璉現在承總管家，不能不盡行查抄。」西平王聽了，也不言語。

趙堂官便說：「賈赦、賈璉兩處須得奴才帶領查抄才好。」西平王便說：「不必忙。先傳信後宅，且請內眷迴避，再查不遲。」一言未了，老趙家奴番役，已經拉著本宅家人領路，分頭查抄去了。

王爺喝命：「不許囉唣[5]，待本爵自行查看！」說著，便慢慢的站起來要走，又吩咐說：「跟我的人，一個不許動，都給我站在這裡候著，回來一齊瞧著登數。」

……正說著，只見錦衣司官跪稟說：「在內查出御用衣裙，並多少禁用之物，不敢擅動，回來請示王爺。」一會子，又有一起人來攔住王爺，回說：「東跨所抄出兩箱子

5. **囉唣**——騷擾，吵鬧。

房地契，又一箱借票，都是違例取利的。」

老趙便說：「好個重利盤剝！很該全抄！請王爺就此坐下，叫奴才去全抄來，再候定奪罷。」

…說著，只見王府長史來稟說：「守門軍傳進來說，主上特派北靜王到這裡宣旨，請爺接去。」趙堂官聽了，心裡喜歡說：「我好晦氣，碰著這個酸王。如今那位來了，我就好施威。」一面想著，也迎出來。

…只見北靜王已到大廳，就向外站著，說：「有旨意，錦衣府趙全聽宣。」說：「奉旨意：『著錦衣官惟提賈赦質審，餘交西平王遵旨查辦。欽此。』」西平王領了，好不喜歡，便與北靜王坐下，著趙堂官提取賈赦回衙。

裡頭那些查抄的人聽得北靜王到，俱一齊出來。及聞趙堂官走了，大家沒趣，只得侍立聽候。北靜王便揀選兩個誠實司官，並十來個老年番役，餘者一概逐出。

……西平王便說：「我正與老趙生氣。幸得王爺到來降旨，不然這裡很吃大虧。」

北靜王說：「我在朝內聽見王爺奉旨查抄賈宅，我甚放心，諒這裡不致茶毒。不料老趙這麼混帳。但不知現在政老及寶玉在那裡，裡面不知鬧到怎麼樣了。」

眾人回稟：「賈政等在下房看守著，裡面已抄得亂騰騰了。」

西平王便吩咐司員：「快將賈政帶來問話。」眾人命帶了上來。賈政跪下，不免含淚乞恩。

……北靜王便起身拉著，說：「政老放心。」便將旨意說了。賈政感激涕零，望北又謝了恩，仍上來聽候。

王爺道：「政老，方才老趙在這裡的時候，番役呈稟有禁用之物，並重利欠票，我們也難掩過。這禁用之物，原備辦貴妃用的，我們聲明，也無礙。獨是借券想個什麼法兒才好。如今政老且帶司員實在將赦老家產呈出，也就了事。切不可再有隱匿，自干罪戾。」

賈政答應道：「犯官再不敢。但犯官祖父遺產並未分過，惟各人所住的房屋有的東西便為己有。」

兩王便說：「這也無妨，惟將赦老那一邊所有的交出就是了。」又吩咐司員等依命行去，不許胡亂混動。司員領命去了。

……且說賈母那邊女眷也擺酒。王夫人正在那邊說：「寶玉不到外頭，恐他老子生氣。」

鳳姐帶病哼哼唧唧的說：「我看寶玉也不是怕人，他見前頭陪客的人也不少了，所以在這裡照應，也是有的。倘或老爺想起裡頭少個人在那裡照應，太太便把寶兄弟獻出去，可不是好？」

賈母笑道：「鳳丫頭病到這個地位，這張嘴還是那麼尖巧！」

……正說到高興，只聽見邢夫人那邊的人一直聲的嚷進來說：「老太太，太太，不……不好了！多多少少的穿靴戴帽的強……強盜來了！翻箱倒籠的來拿東西！」賈母等聽著發呆。

又見平兒披頭散髮，拉著巧姐，哭哭啼啼的來說：「不好了！我正和姐兒吃飯，只見來旺被人拴著，進來說：『姑娘快快傳進去，請太太們迴避，外面王爺就進來查抄家產。』我聽了著忙，正要進房拿要緊東西，被一夥子人渾推渾趕出來了。這裡該穿該帶的，快快收拾。」

邢、王二夫人聽得，俱魂飛天外，不知怎樣才好。獨見鳳姐先前圓睜兩眼聽著，後來一仰身便栽倒地下死了。賈母沒有聽完，便嚇得涕淚交流，連話也說不出來。

那時一屋子人拉這個，扯那個，正鬧得翻天覆地。又聽見一疊聲嚷說：「叫裡面女眷們迴避，王爺進來了！」

……可憐寶釵、寶玉等正在沒法，只見地下這些丫頭、婆子亂抬亂扯的時候，賈璉喘吁吁的跑進來說：「好了，好了！幸虧王爺救了我們了！」

眾人正要問他，賈璉見鳳姐死在地下，哭著亂叫，又怕老太太嚇壞了，急得死去活來。還虧平兒將鳳姐叫醒，令人扶著。老太太也回過氣來，哭得氣短神昏，躺在炕上。李紈再三寬慰。然後賈璉定神將兩王恩典說明，惟恐賈母、邢夫人知道賈赦被拿，又要唬死，暫且不敢明說，只得出來照料自己屋內。

……一進屋門，只見箱開櫃破，物件搶得半空。此時急得兩眼直豎，淌淚發獃。聽見外頭叫，只得出來。見賈政同司員登記物件，一人報說：「赤金首飾共一百二十三件，珠寶俱全。珍珠十三掛、淡金盤二件、金碗二對、金搶碗[6]二個、金匙四十把、銀大碗八十個、銀盤二十個、三鑲金象牙筯二把、鍍金執壺四把、鍍金折盂[7]三對、茶托二件、銀碟七十六件、銀酒杯三十六個。

「黑狐皮十八張、青狐六張、貂皮三十六張、黃狐三十張、猞猁猻皮十二張、麻葉皮三張、洋灰皮六十張、灰狐腿皮四十張、醬色羊皮二十張、猢狸皮二張、黃狐腿二把、小白狐皮二十塊、洋呢三十度、嗶嘰二十三度、姑絨十二度、香鼠筒子十件、豆鼠皮四方、天鵝絨一卷、梅鹿皮一方、雲狐筒子二件、貉崽皮一卷、鴨皮七把、灰鼠一百六十張、獾子皮八張、虎皮六張、海豹三張、海龍十六張、灰色羊四十

6. 金搶碗——即槍金碗。在碗盤等器物上鑲嵌金的花紋叫槍金，也作戧金。

7. 折盂——飯後漱口用的小盂。

把、黑色羊皮六十三張、元狐帽沿十副、倭刀帽沿十二副、貂帽沿二副、小狐皮十六張、江貉皮二張、獺子皮二張、貓皮三十五張、倭股[8]十二度[9]、綢緞一百三十卷、紗綾一百八一卷、羽線縐三十二卷、氆氌三十卷、妝蟒緞八卷、葛布三捆、各色布三捆、各色皮衣一百三十二件、棉夾單紗絹衣三百四十件。

「玉玩三十二件、帶頭[10]九副、銅錫等物五百餘件、鐘表十八件、朝珠九掛、各色妝蟒三十四件、上用蟒緞迎手靠背三分、宮妝衣裙八套、脂玉圈帶一條、黃緞十二卷。潮銀[11]五千二百兩、赤金五十兩、錢七千吊。」

……一切動用傢伙攢釘[12]登記，以及榮國賜第，俱一一開列。其房地契紙、家人文書，亦俱封裹。賈璉在旁邊竊聽，只不聽見報他的東西，心裡正在疑惑。

8. 倭股——日本緞。

9. 度——度尺。古代稱黍百粒橫排起來的長度為一度尺，等於清代營造尺的八寸一分。

10. 帶頭——袍外所繫腰帶一端的扣頭，常鑲以金玉等飾物。

11. 潮銀——成色不好或重新回爐熔煉過的銀子。

12. 攢釘——鑽孔裝訂。

只聞兩家王爺問賈政道：「所抄家資內有借券，實係盤剝，究是誰行的？政老據實才好。」

賈政聽了，跪在地下碰頭，說：「實在犯官不理家務，這些事全不知道，問犯官姪兒賈璉才知。」

賈璉連忙走上，跪下稟說：「這一箱文書既在奴才屋內抄出來的，敢說不知道麼？只求王爺開恩，奴才叔叔並不知道的。」

兩王道：「你父已經獲罪，只可併案辦理。你今認了，也是正理。如此叫人將賈璉看守，餘俱散收宅內。政老，你須小心候旨。我們進內覆旨去了。這裡有官役看守。」說著，上轎出門。

賈政等就在二門跪送。北靜王把手一伸，說：「請放心。」覺得臉上大有不忍之色。

……此時賈政魂魄方定，猶是發怔。賈蘭便說：「請爺爺進內瞧老太太，再想法兒打聽東府裡的事。」賈政疾忙起身進內。只見各門上婦女亂糟糟的，不知要怎樣。賈政無心查問，一直到賈母房中，只見人人淚痕滿面，王夫人、寶玉等圍住賈母，寂靜無言，各各掉淚。惟有邢夫人哭作一團。

因見賈政進來，都說：「好了，好了！」便告訴老太太說：「老爺仍舊好好的進來，請老太太安心罷。」賈母奄奄一息的，微開雙目，說：「我的兒，不想還見得著你！」一聲未了，便嚎啕的哭起來。於是滿屋裡人俱哭個不住。

賈政恐哭壞老母，即收淚說：「老太太放心罷。本來事情原不小，蒙主上天恩，兩位王爺的恩典，萬般軫恤[13]。就是大老爺暫時拘質，等問明白了，主上還有恩典。如今家裡一些也不動了。」賈母見賈赦不在，又傷心起來，賈政再三安慰方止。

13. 軫（音枕）恤——深切顧念和憐憫。

……眾人俱不敢走散，獨邢夫人回至自己那邊，見門總封鎖，丫頭、婆子亦鎖在幾間屋內。邢夫人無處可走，放聲大哭起來，只得往鳳姐那邊去。見二門旁舍亦上封條，惟有屋門開著，裡頭嗚咽不絕。

邢夫人進去，見鳳姐面如紙灰，合眼躺著，平兒在旁暗哭。邢夫人打量鳳姐死了，又哭起來。平兒迎上來說：「太太不要哭。奶奶抬回來覺著像是死的了，幸得歇息一回甦過來，哭了幾聲，如今痰息氣定，略安一安神。太太也請定定神罷。但不知老太太怎樣了？」

邢夫人也不答言，仍走到賈母那邊。見眼前俱是賈政的人，自己夫子被拘，媳婦病危，女兒受苦，現在身無所歸，那裡禁得住。眾人勸慰，李紈等令人收拾房屋，請邢夫人暫住，王夫人撥人服侍。

……賈政在外，心驚肉跳，拈鬚搓手的等候旨意。聽見外面看守軍人亂嚷道：「你到底是那一邊的？既碰在我們這裡，就記在這裡冊上。拴著他，交給裡頭錦衣府的爺們！」賈政出外看時，見是焦大，便說：「怎麼跑到這裡來？」

……焦大見問，便號天蹈地的哭道：「我天天勸這些不長進的爺們，倒拿我當作冤家。連爺還不知道焦大跟著太爺受的苦！今朝弄到這個田地！珍大爺、蓉哥兒都叫什麼王爺拿了去了，裡頭女主兒們都被什麼府裡衙役搶得披頭散髮，擉[14]在一處空房裡，那些不成材料的狗男女卻像豬狗似的攔起來了。

「所有的都抄出來擱著，木器釘得破爛，磁器打得粉碎。他們還要把我拴起來。我活了八九十歲，只有跟著太爺捆人的，那裡倒叫人捆起來！我便說我是西府裡，就跑出來。那些人

14. 擉（音戳）——同戳。這裡是豎立的意思。

不依，押到這裡，不想這裡也是那麼著。我如今也不要命了，和那些人拚了罷！」說著撞頭。

……眾役見他年老，又是兩王吩咐，不敢發狠，便說：「你老人家安靜些，這是奉旨的事。你且這裡歇歇，聽個信兒再說。」

賈政聽明，雖不理他，但是心裡刀絞似的，便道：「完了，完了！不料我們一敗塗地如此！」

……正在著急聽候內信，只見薛蝌氣噓噓的跑進來說：「好容易進來了！姨父在那裡？」

賈政道：「來得好，但是外頭怎麼放進來的？」

薛蝌道：「我再三央說，又許他們錢，所以我才能夠出入的。」

賈政便將抄去之事告訴了他，便煩去打聽打聽，說：「就是好親，在火頭上，也不便送信，是你就好通信了。」

薛蝌道：「這裡的事，我倒想不到；那邊東府的事，我已聽見說，完了。」

……賈政道：「究竟犯什麼事？」

薛蝌道：「今朝為我哥哥打聽決罪的事，在衙內聞得，有兩位御史，風聞得珍大爺引誘世家子弟賭博，這款還輕；還有一大款是強占良民妻女為妾，因其女不從，凌逼致死。

「那御史恐怕不準，還將咱們家的鮑二拿去，又還拉出一個姓張的來。只怕連都察院都有不是，為的是姓張的曾告過的。」

賈政尚未聽完，便跺腳道：「了不得！罷了，罷了！」嘆了一口氣，撲簌簌的掉下淚來。

……薛蝌寬慰了幾句，即便又出來打聽去了。隔了半日，仍舊進來，說：「事情不好。我在刑科打聽，倒沒有聽見兩王覆旨的信，但聽得說，李御史今早參奏平安州奉承京官，迎合上司，虐害百姓，好幾大款。」

賈政慌道：「那管他人的事，到底打聽我們的怎麼樣？」

薛蝌道：「說是平安州就有我們，那參的京官就是赦老爺。說的是包攬詞訟，所以火上澆油。就是同朝這些官府，俱藏躲不迭，誰肯送信？就如才散的這些親友，有的竟回家去了，也有遠遠兒的歇下打聽的。可恨那些貴本家便在路上說，『祖宗擲下的功業，弄出事來了，不知道飛到那個頭上，大家也好施威。』」

賈政沒有聽完，復又頓足道：「都是我們大爺忒糊塗，東府也忒不成事體！如今老太太與璉兒媳婦是死是活，還不知道呢。你再打聽去，我到老太太那邊瞧瞧。若有信，能夠早一步才好。」

……正說著，聽見裡頭亂嚷出來說：「老太太不好了！」急得賈政即忙進去。未知生死如何，下回分解。

國家圖書館出版品預行編目(CIP)資料

紅樓夢/孫家琦編輯. — 第一版.
— 新北市 ： 人人，2015.04
冊 ； 公分. —(人人文庫)
ISBN 978-986-5903-91-6(卷7：平裝).
857.49 104005348

【人人文庫】

紅樓夢 卷7

第九一回至第一〇五回

題字・篆刻／羅時僖
書系編輯／孫家琦
書籍裝幀／楊美智
發行人／周元白
出版者／人人出版股份有限公司
地址／23145新北市新店區寶橋路235巷6弄6號7樓
電話／(02)2918-3366(代表號)
傳真／(02)2914-0000
網址／www.jjp.com.tw
郵政劃撥帳號／16402311人人出版股份有限公司
製版印刷／長城製版印刷股份有限公司
電話／(02)2918-3366(代表號)
經銷商／聯合發行股份有限公司
電話／(02)2917-8022
第一版第一刷／2015年4月
定價／新台幣**200**元

※本書內頁紙張採敦榮紙業進口日本王子58g文庫紙